TRENTIÈME ÉDITION

AUTOUR

DE LA LUNE

PAR

JULES VERNE

(SECONDE PARTIE DE :)

DE LA TERRE A LA LUNE

Ouvrage couronné par l'Académie française.

COLLECTION HETZEL

18, RUE JACOB, 18

PARIS, VIe

AUTOUR

DE LA LUNE

COLLECTION HETZEL

AUTOUR DE LA LUNE

PAR

JULES VERNE

*Auteur des Voyages extraordinaires
couronnés par l'Académie française.*

(SECONDE PARTIE DE :)

DE LA TERRE A LA LUNE

Ouvrage choisi par la *Ville de Paris* pour être distribué en prix.

NOUVELLE ÉDITION

COLLECTION HETZEL

18, RUE JACOB, PARIS, VIᵉ

1899

AUTOUR

DE LA LUNE

INTRODUCTION

CHAPITRE PRÉLIMINAIRE

QUI RÉSUME LA PREMIÈRE PARTIE DE CET OUVRAGE,
POUR SERVIR DE PRÉFACE A LA SECONDE.

Pendant le courant de l'année 186., le monde entier fut singulièrement ému par une tentative scientifique sans précédents dans les annales de la science. Les membres du Gun-Club, cercle d'artilleurs fondé à Baltimore après la guerre d'Amérique, avaient eu l'idée de se mettre en communication avec la Lune, — oui, avec la Lune, — en lui envoyant un boulet. Leur président Barbicane, le promoteur de l'entreprise, ayant consulté à ce sujet les astronomes de l'Observatoire

de Cambridge, prit toutes les mesures nécessaires au
succès de cette extraordinaire entreprise, déclarée réa-
lisable par la majorité des gens compétents. Après
avoir provoqué une souscription publique qui produisit
près de trente millions de francs, il commença ses gigantesques travaux.

Suivant la note rédigée par les membres de l'Observatoire, le canon destiné à lancer le projectile devait
être établi dans un pays situé entre 0 et 28 degrés de
latitude nord ou sud, afin de viser la Lune au zénith.
Le boulet devait être animé d'une vitesse initiale de
douze mille yards à la seconde. Lancé le 1er décembre,
à onze heures moins treize minutes et vingt secondes
du soir, il devait rencontrer la Lune quatre jours après
son départ, le 5 décembre, à minuit précis, à l'instant
même où elle se trouverait dans son périgée, c'est-à-
dire à sa distance la plus rapprochée de la Terre, soit
exactement quatre-vingt-six mille quatre cent dix
lieues.

Les principaux membres du Gun-Club, le président
Barbicane, le major Elphiston, le secrétaire J.-T.
Maston et autres savants tinrent plusieurs séances dans
lesquelles furent discutées la forme et la composition du
boulet, la disposition et la nature du canon, la qualité
et la quantité de la poudre à employer. Il fut décidé :
1° que le projectile serait un obus en aluminium d'un
diamètre de cent huit pouces et d'une épaisseur de

douze pouces à ses parois, qui pèserait dix-neuf mille deux cent cinquante livres ; 2° que le canon serait une Columbiad en fonte de fer longue de neuf cents pieds qui serait coulée directement dans le sol ; 3° que la charge emploierait quatre cent mille livres de fulmi-coton qui, développant six milliards de litres de gaz sous le projectile, l'emporteraient facilement vers l'astre des nuits.

Ces questions résolues, le président Barbicane, aidé de l'ingénieur Murchison, fit choix d'un emplacement situé dans la Floride par 27° 7′ de latitude nord et 5° 7′ de longitude ouest. Ce fut en cet endroit, qu'après des travaux merveilleux, la Columbiad fut coulée avec un plein succès.

Les choses en étaient là, quand survint un incident qui centupla l'intérêt attaché à cette grande entreprise.

Un Français, un Parisien fantaisiste, un artiste aussi spirituel qu'audacieux, demanda à s'enfermer dans le boulet afin d'atteindre la Lune et d'opérer une reconnaissance du satellite terrestre. Cet intrépide aventurier se nommait Michel Ardan. Il arriva en Amérique, fut reçu avec enthousiasme, tint des meetings, se vit porter en triomphe, réconcilia le président Barbicane avec son mortel ennemi le capitaine Nicholl, et, comme gage de réconciliation, il les décida à s'embarquer avec lui dans le projectile.

La proposition fut acceptée. On modifia la forme du boulet. Il devint cylindro-conique. On garnit cette espèce de wagon aérien de ressorts puissants et de cloisons brisantes qui devaient amortir le contre-coup du départ. On le pourvut de vivres pour un an, d'eau pour quelques mois, de gaz pour quelques jours. Un appareil automatique fabriquait et fournissait l'air nécessaire à la respiration des trois voyageurs. En même temps, le Gun-Club faisait construire sur l'un des plus hauts sommets des Montagnes-Rocheuses un gigantesque télescope qui permettrait de suivre le projectile pendant son trajet à travers l'espace. Tout était prêt.

Le 30 novembre, à l'heure fixée, au milieu d'un concours extraordinaire de spectateurs, le départ eut lieu, et pour la première fois, trois êtres humains quittant le globe terrestre, s'élancèrent vers les espaces interplanétaires a   presque cer   de d'arriver à leur but.

Ces audacieux voyageurs, Michel Ardan, le président Barbicane et le capitaine Nicholl, devaient effectuer leur trajet en *quatre-vingt-dix-sept heures treize minutes et vingt secondes*. Conséquemment, leur arrivée à la surface du disque lunaire ne pouvait avoir lieu que le 5 décembre, à minuit, au moment précis où la Lune serait pleine, et non le 4, ainsi que l'avaient annoncé quelques journaux mal informés.

Mais, circonstance inattendue, la détonation produite par la Columbiad eut pour effet immédiat de troubler l'atmosphère terrestre en y accumulant une énorme quantité de vapeurs. Phénomène qui excita l'indignation générale, car la Lune fut voilée pendant plusieurs nuits aux yeux de ses contemplateurs.

Le digne J.-T. Maston, le plus vaillant ami des trois voyageurs, partit pour les Montagnes-Rocheuses, en compagnie de l'honorable J. Belfast, directeur de l'Observatoire de Cambridge, et il gagna la station de Long's-Peak, où se dressait le télescope qui rapprochait la Lune à deux lieues. L'honorable secrétaire du Gun-Club voulait observer lui-même le véhicule de ses audacieux amis.

L'accumulation des nuages dans l'atmosphère empêcha toute observation pendant les 5, 6, 7, 8, 9 et 10 décembre. On crut même que l'observation devrait être ren   1 2 janvier de l'année suivante, car la Lune, entrant dans so..   le 11, ne présenterait plus alors qu'une portion décroissante de son disque, insuffisante pour permettre d'y suivre la trace du projectile.

Mais enfin, à la satisfaction générale, une forte tempête nettoya l'atmosphère dans la nuit du 11 au 12 décembre, et la Lune, a demi-éclairée, se découpa nettement sur le fond noir du ciel.

Cette nuit même, un télégramme était lancé de la

station de Long's-Peak par J.-T. Maston et Belfast à
MM. les Membres du bureau de l'Observatoire de
Cambridge.

Or, qu'annonçait ce télégramme ?

Il annonçait : que le 11 décembre, à huit heures
quarante-sept du soir, le projectile lancé par la Columbiad de Stone's-Hill avait été aperçu par MM. Belfast et J.-T. Maston ; — que le boulet, dévié pour une
cause ignorée, n'avait point atteint son but, mais qu'il
en était passé assez près pour être retenu par l'attraction lunaire ; — que son mouvement rectiligne s'était
changé en un mouvement circulaire, et qu'alors, entraîné suivant une orbe elliptique autour de l'astre des
nuits, il en était devenu le satellite.

Le télégramme ajoutait que les éléments de ce
nouvel astre n'avaient pu être encore calculés ; — et
en effet, trois observations prenant l'astre dans trois
positions différentes, sont nécessaires pour les déterminer. Puis, il indiquait que la distance séparant le
projectile de la surface lunaire « pouvait » être évaluée
à deux mille huit cent trente trois milles environ, soit
quatre mille cinq cents lieues.

Il terminait enfin en émettant cette double hypothèse : Ou l'attraction de la Lune finirait par l'emporter, et les voyageurs atteindraient leur but ; ou le projectile, maintenu dans une orbe immutable, graviterait
autour du disque lunaire jusqu'à la fin des siècles.

Dans ces diverses alternatives, quel serait le sort des voyageurs? Ils avaient des vivres pour quelque temps, c'est vrai. Mais en supposant même le succès de leur téméraire entreprise, comment reviendraient-ils? Pourraient-ils jamais revenir? Aurait-on de leurs nouvelles? Les questions débattues par les plumes les plus savantes du temps passionnèrent le public.

Il convient de faire ici une remarque qui doit être méditée par les observateurs trop pressés. Lorsqu'un savant annonce au public une découverte purement spéculative, il ne saurait agir avec assez de prudence. Personne n'est forcé de découvrir ni une planète, ni une comète, ni un satellite, et qui se trompe en pareil cas, s'expose justement aux quolibets de la foule. Donc, mieux vaut attendre, et c'est ce qu'aurait dû faire l'impatient J.-T. Maston, avant de lancer à travers le monde ce télégramme qui, suivant lui, disait le dernier mot de cette entreprise.

En effet, ce télégramme contenait des erreurs de deux sortes, ainsi que cela fut vérifié plus tard : 1° Erreurs d'observation, en ce qui concernait la distance du projectile à la surface de la Lune, car, à la date du 11 décembre, il était impossible de l'apercevoir, et ce que J.-T. Maston avait vu ou cru voir, ne pouvait être le boulet de la Columbiad. 2° Erreur de théorie sur le sort réservé audit projectile, car en faire un satellite de la Lune, c'était se mettre en contradiction absolue avec les lois de la mécanique rationnelle.

Une seule hypothèse des observateurs de Long's-Peak pouvait se réaliser, celle qui prévoyait le cas où ses voyageurs, — s'ils existaient encore, — combineraient leurs efforts avec l'attraction lunaire de manière à atteindre la surface du disque.

Or, ces hommes, aussi intelligents que hardis, avaient survécu au terrible contre-coup du départ, et c'est leur voyage dans le boulet-wagon qui va être raconté jusque dans ses plus dramatiques comme dans ses plus singuliers détails. Ce récit détruira beaucoup d'illusions et de prévisions ; mais il donnera une juste idée des péripéties réservées à une pareille entreprise, et mettra en relief les instincts scientifiques de Barbicane, les ressources de l'industrieux Nicholl et l'humoristique audace de Michel Ardan.

En outre, il prouvera que leur digne ami, J.-T. Maston, perdait son temps, lorsque, penché sur le gigantesque télescope, il observait la marche de la Lune à travers les espaces stellaires.

CHAPITRE PREMIER

Quand dix heures sonnèrent, Michel Ardan, Barbicane et Nicholl firent leurs adieux aux nombreux amis qu'ils laissaient sur terre. Les deux chiens, destinés à acclimater la race canine sur les continents lunaires, étaient déjà emprisonnés dans le projectile. Les trois voyageurs s'approchèrent de l'orifice de l'énorme tube de fonte, et une grue volante les descendit jusqu'au chapeau conique du boulet.

Là, une ouverture ménagée à cet effet, leur donna accès dans le wagon d'aluminium. Les palans de la grue étant halés à l'extérieur, la gueule de la Columbiad fut instantanément dégagée de ses derniers échafaudages.

Nicholl, une fois introduit avec ses compagnons dans le projectile, s'occupa d'en fermer l'ouverture au moyen d'une forte plaque maintenue intérieurement par de puissantes vis de pression. D'autres plaques, solidement adaptées, recouvraient les verres lenticulaires des hublots. Les voyageurs, hermétiquement clos dans leur prison de métal, étaient plongés au milieu d'une obscurité profonde.

« Et maintenant, mes chers compagnons, dit Michel Ardan, faisons comme chez nous. Je suis homme d'intérieur, moi, et très-fort sur l'article ménage. Il s'agit de tirer le meilleur parti possible de notre nouveau logement et d'y trouver nos aises. Et d'abord, tâchons d'y voir un peu plus clair. Que diable ! le gaz n'a pas été inventé pour les taupes ! »

Ce disant, l'insouciant garçon fit jaillir la flamme d'une allumette qu'il frotta à la semelle de sa botte ; puis, il l'approcha du bec fixé au récipient, dans lequel l'hydrogène carboné, emmagasiné à une haute pression, pouvait suffire à l'éclairage et au chauffage du boulet pendant cent quarante-quatre heures, soit six jours et six nuits.

Le gaz s'alluma. Le projectile, ainsi éclairé, apparut comme une chambre confortable, capitonnée à ses parois, meublée de divans circulaires, et dont la voûte s'arrondissait en forme de dôme.

Les objets qu'elle renfermait, armes, instruments, ustensiles, solidement saisis et maintenus contre les rondeurs du capiton, devaient supporter impunément le choc du départ. Toutes les précautions, humainement possibles, avaient été prises pour mener à bonne fin une si téméraire tentative.

Michel Ardan examina tout et se déclara fort satisfait de son installation.

« C'est une prison, dit-il, mais une prison qui voyage, et avec le droit de mettre le nez à la fenêtre, je ferais bien un bail de cent ans ! Tu souris, Barbicane. As-tu donc une arrière pensée ? Te dis-tu que cette prison pourrait être notre tombeau ? Tombeau, soit, mais je ne le changerais pas pour celui de Mahomet qui flotte dans l'espace et ne marche pas ! »

Pendant que Michel Ardan parlait ainsi, Barbicane et Nicholl faisaient leurs derniers préparatifs.

Le chronomètre de Nicholl marquait dix heures vingt minutes du soir lorsque les trois voyageurs se furent définitivement murés dans leur boulet. Ce chronomètre était réglé à un dixième de seconde près sur celui de l'ingénieur Murchison. Barbicane le consulta.

« Mes amis, dit-il, il est dix heures vingt. A
dix heures quarante-sept, Murchison lancera l'é-
tincelle électrique sur le fil qui communique avec
la charge de la Columbiad. A ce moment précis,
nous quitterons notre sphéroïde. Nous avons donc
encore vingt-sept minutes à rester sur la Terre.

—Vingt-six minutes et treize secondes, répondit
le méthodique Nicholl.

— Eh bien ! s'écria Michel Ardan d'un ton de
belle humeur, en vingt-six minutes, on fait bien
des choses ! On peut discuter les plus graves questions de morale ou de politique, et même les résoudre ! Vingt-six minutes bien employées valent
mieux que vingt-six années où on ne fait rien !
Quelques secondes d'un Pascal ou d'un Newton
sont plus précieuses que toute l'existence de l'in-
digeste foule des imbéciles...

— Et tu en conclus, éternel parleur ? ... demanda le président Barbicane.

— J'en conclus que nous avons vingt-six minutes, répondit Ardan.

— Vingt-quatre seulement, dit Nicholl.

— Vingt-quatre, si tu y tiens, mon brave capitaine, répondit Ardan, vingt-quatre minutes pendant lesquelles on pourrait approfondir...

— Michel, dit Barbacane, pendant notre traversée, nous aurons tout le temps nécessaire pour

approfondir les questions les plus ardues. Maintenant, occupons-nous du départ.

— Ne sommes-nous pas prêts ?

—. Sans doute. Mais il est encore quelques précautions à prendre pour atténuer autant que possible le premier choc !

— N'avons-nous pas ces couches d'eau disposées entre les cloisons brisantes, et dont l'élasticité nous protégera suffisamment ?

— Je l'espère, Michel, répondit doucement Barbicane, mais je n'en suis pas bien sûr !

— Ah ! le farceur ! s'écria Michel Ardan. Il espère !... Il n'est pas sûr !... Et il attend le moment où nous sommes encaqués pour faire ce déplorable aveu ! Mais je demande à m'en aller !

— Et le moyen ? répliqua Barbicane.

— En effet ! dit Michel Ardan, c'est difficile. Nous sommes dans le train, et le sifflet du conducteur retentira avant vingt-quatre minutes...

— Vingt, » fit Nicholl.

Pendant quelques instants, les trois voyageurs se regardèrent. Puis, ils examinèrent les objets emprisonnés avec eux.

« Tout est à sa place, dit Barbicane. Il s'agit de décider maintenant comment nous nous placerons le plus utilement pour supporter le choc du départ. La position à prendre ne saurait être indifférente, et autant que possible, il faut empêcher que le sang ne nous afflue trop violemment à la tête.

— Juste, fit Nicholl.

— Alors, répondit Michel Ardan, prêt à joindre l'exemple à la parole, mettons-nous la tête en bas et les pieds en haut, comme les clowns du Great-Circus!

— Non, dit Barbicane, mais étendons-nous sur le côté. Nous résisterons mieux ainsi au choc. Remarquez bien qu'au moment où le boulet partira, que nous soyons dedans ou que nous soyons devant, c'est à peu près la même chose.

— Si ce n'est qu' « à peu près » la même chose, je me rassure, répliqua Michel Ardan.

— Approuvez-vous mon idée, Nicholl? demanda Barbicane.

— Entièrement, répondit le capitaine. Encore treize minutes et demie.

— Ce n'est pas un homme que ce Nicholl, s'écria Michel, c'est un chronomètre à secondes, à échappement, avec huit trous en.... »

Mais ses compagnons ne l'écoutaient plus, et ils prenaient leur dernières dispositions avec un sang-froid inimaginable. Ils avaient l'air de deux voyageurs méthodiques, montés dans un wagon, et cherchant à se caser aussi confortablement que possible. On se demande vraiment de quelle matière sont faits ces cœurs d'Américains auxquels l'approche du plus effroyable danger n'ajoute pas une pulsation !

Trois couchettes, épaisses et solidement conditionnées, avaient été placées dans le projectile. Nicholl et Barbicane les disposèrent au centre du disque qui formait le plancher mobile. Là devaient s'étendre les trois voyageurs, quelques moments avant le départ.

Pendant ce temps, Ardan, ne pouvant rester immobile, tournait dans son étroite prison comme une bête fauve en cage, causant avec ses amis, parlant à ses chiens, Diane et Satellite, auxquels, on le voit, il avait donné depuis quelque temps ces noms significatifs.

« Hé ! Diane ! Hé ! Satellite ! s'écriait-il en les excitant. Vous allez donc montrer aux chiens sélénites les bonnes façons des chiens de la terre ! Voilà qui fera honneur à la race canine ! Pardieu ! Si nous revenons jamais ici-bas, je veux rapporter un type croisé de « moon-dogs » qui fera fureur !

— S'il y a des chiens dans la Lune, dit Barbicane.

— Il y en a, affirma Michel Ardan, comme il y a des chevaux, des vaches, des ânes, des poules. Je parie que nous y trouvons des poules !

— Cent dollars que nous n'en trouverons pas, dit Nicholl.

— Tenu, mon capitaine, répondit Ardan en serrant la main de Nicholl. Mais à propos, tu as déjà perdu trois paris avec notre président, puisque les fonds nécessaires à l'entreprise ont été faits, puisque l'opération de la fonte a réussi, et enfin puisque la Columbiad a été chargée sans accident, soit six mille dollars.

— Oui, répondit Nicholl. Dix heures trente-sept minutes et six secondes.

— C'est entendu, capitaine. Eh bien, avant un quart d'heure, tu auras encore à compter neuf mille dollars au président, quatre mille parce que la Columbiad n'éclatera pas, et cinq mille parce que le boulet s'enlèvera à plus de six milles dans l'air.

— J'ai les dollars, répondit Nicholl en frappant sur la poche de son habit, et je ne demande qu'à payer.

— Allons, Nicholl, je vois que tu es un homme d'ordre, ce que je n'ai jamais pu être. Mais en somme, tu as fait là une série de paris peu avantageux pour toi, permets-moi de te le dire.

— Et pourquoi ? demanda Nicholl.

— Parce que si tu gagnes le premier, c'est que la Columbiad aura éclaté, et le boulet avec, et

Barbicane ne sera plus là pour te rembourser tes dollars !

— Mon enjeu est déposé à la banque de Balti-more, répondit simplement Barbicane, et à dé-faut de Nicholl, il retournera à ses héritiers !

— Ah ! hommes pratiques ! s'écria Michel Ar-dan, esprits positifs ! Je vous admire d'autant plus que je ne vous comprends pas.

— Dix heures quarante deux ! dit Nicholl.

— Plus que cinq minutes ! répondit Barbi-cane.

— Oui ! cinq petites minutes ! répliqua Michel Ardan. Et nous sommes enfermés dans un boulet, au fond d'un canon de neuf cents pieds ! Et sous ce boulet sont entassées quatre cent mille livres de fulmi-coton qui valent seize cent mille livres de poudre ordinaire ! Et l'ami Murchison, son chro-nomètre à la main, l'œil fixé sur l'aiguille, le doigt posé sur l'appareil électrique, compte les se-condes et va nous lancer dane les espaces interpla-nétaires...

— Assez, Michel, assez ! dit Babicane d'une voix grave. Préparons-nous. Quelques instants seule-ment nous séparent d'un moment suprême. Une poignée de main, mes amis.

— Oui, » s'écria Michel Ardan, plus ému qu'il ne voulait le paraître.

2

Ces trois hardis compagnons s'unirent dans une dernière étreinte.

« Dieu nous garde! » dit le religieux Barbi cane.

Michel Ardan et Nicholl s'étendirent sur les couchettes disposées au centre du disque.

« Dix heures quarante-sept! » murmura le capitaine.

Vingt secondes encore! Barbicane éteignit rapidement le gaz et se coucha près de ses compagnons.

Le profond silence n'était interrompu que par les battements du chronomètre frappant la seconde.

Soudain, un choc épouvantable se produisit, et le projectile, sous la poussée de six milliards de litres de gaz développés par la déflagration du pyroxile, s'enleva dans l'espace.

CHAPITRE II

LA PREMIÈRE DEMI-HEURE

Que s'était-il passé? Quel effet avait produit cette effroyable secousse? L'ingéniosité des constructeurs du projectile avait-elle obtenu un résultat heureux? Le choc s'était-il amorti, grâce aux ressorts, aux quatre tampons, aux coussins d'eau, aux cloisons brisantes? Avait on dompté l'effrayante poussée de cette vitesse initiale de onze mille mètres qui eût suffi à traverser Paris ou New-York en une seconde? C'est évidemment la question que se posaient les mille témoins de cette scène émouvante. Ils oubliaient le but du voyage pour ne songer qu'aux voyageurs! Et si quelqu'un d'entre eux. —J. T. Maston, par exemple,—eût pu jeter un regard à l'intérieur du projectile, qu'aurait-il vu?

Rien alors. L'obscurité était profonde dans le

boulet. Mais ses parois cylindro-coniques avaient supérieurement résisté. Pas une déchirure, pas une flexion, pas une déformation. L'admirable projectile ne s'était même pas altéré sous l'intense déflagration des poudres, ni liquefié, comme on paraissait le craindre, en une pluie d'aluminium.

A l'intérieur, peu de désordre, en somme. Quelques objets avaient été lancés violemment vers la voûte; mais les plus importants ne semblaient pas avoir souffert du choc. Leurs saisines étaient intactes.

Sur le disque mobile, rabaissé jusqu'au culot, après le bris des cloisons et l'échappement de l'eau, trois corps gisaient sans mouvement. Barbicane, Nicholl, Michel Ardan respiraient-ils encore? Ce projectile n'était-il plus qu'un cercueil de métal, emportant trois cadavres dans l'espace?...

Quelques minutes après le départ du boulet, un de ces corps fit un mouvement; ses bras s'agitèrent, sa tête se redressa, et il parvint à se mettre sur les genoux. C'était Michel Ardan. Il se palpa, poussa un « hem » sonore, puis il dit :

« Michel Ardan, complet. Voyons les autres! »

Le courageux Français voulut se lever; mais il ne put se tenir debout. Sa tête vacillait, son sang, violemment injecté, l'aveuglait. Il était comme un homme ivre.

« Brrr! fit il. Cela me produit le même effet que deux bouteilles de Corton. Seulement, c'est peut-être moins agréable à avaler! »

Puis, passant plusieurs fois sa main sur son front et se frottant les tempes, il cria d'une **voix** ferme:

« Nicholl! Barbicane! »

Il attendit anxieusement. Nulle réponse. Pas même un soupir qui indiquât que le cœur de ses compagnons battait encore. Il réitéra son appel. Même silence.

« Diable! dit-il. Ils ont l'air d'être tombés d'un cinquième étage sur la tête! Bah! ajouta-t-il, avec cette imperturbable confiance que rien ne pouvait enrayer, si un Français a pu se mettre sur les genoux, deux Américains ne seront pas gênés de se remettre sur les pieds. Mais, avant tout, éclairons la situation. »

Ardan sentait la vie lui revenir à flots. Son sang se calmait et reprenait sa circulation accoutumée. De nouveaux efforts le remirent en équilibre. Il parvint à se lever, tira de sa poche une allumette et l'enflamma sous le frottement du phosphore. Puis, l'approchant du bec, il l'alluma. Le récipient n'avait aucunement souffert. Le gaz ne s'était pas échappé. D'ailleurs, son odeur l'eût trahi, et dans ce cas, Michel Ardan n'aurait pas impunément promené une allumette enflammée dans ce milieu rempli d'hydrogène. Le gaz, combiné avec l'air, eût produit un mélange détonnant, et l'explosion aurait achevé ce que la secousse avait commencé peut-être.

Dès que le bec fut allumé, Ardan se pencha sur le corps de ses compagnons. Ces corps étaient renversés l'un sur l'autre, comme des masses inertes. Nicholl dessus, Barbicane dessous.

Ardan redressa le capitaine, l'accota contre un divan, et le frictionna vigoureusement. Ce massage, intelligemment pratiqué, ranima Nicholl, qui ouvrit les yeux, recouvra instantanément son sang-froid, saisit la main d'Ardan; puis, regardant autour de lui:

« Et Barbicane? demanda-t-il.

— Chacun son tour, répondit tranquillement Michel Ardan. J'ai commencé par toi, Nicholl, parce que tu étais dessus. Passons maintenant à Barbicane. »

Cela dit, Ardan et Nicholl soulevèrent le président du Gun-Club et le déposèrent sur le divan. Barbicane semblait avoir plus souffert que ses compagnons. Son sang avait coulé, mais Nicholl se rassura en constatant que cette hémorragie ne provenait que d'une légère blessure à l'épaule. Une simple écorchure qu'il comprima soigneusement.

Néanmoins, Barbicane fut quelque temps à revenir à lui, ce dont s'effrayèrent ses deux amis qui ne lui épargnaient pas les frictions.

« Il respire cependant, disait Nicholl, approchant son oreille de la poitrine du blessé.

— Oui, répondait Ardan, il respire comme un homme qui a quelque habitude de cette opération quotidienne. Massons, Nicholl, massons avec vigueur. »

Et les deux praticiens improvisés firent tant et si bien, que Barbicane recouvra l'usage de ses sens. Il ouvrit les yeux, se redressa, prit la main de ses deux amis, et, pour sa première parole :

« Nicholl, demanda-t-il, marchons-nous ? »

Nicholl et Barbicane se regardèrent. Ils ne s'étaient pas encore inquiétés du projectile. Leur première préoccupation avait été pour les voyageurs, non pour le wagon.

« Au fait ? marchons-nous ? répéta Michel Ardan.

— Ou bien reposons-nous tranquillement sur le sol de la Floride ? demanda Nicholl.

— Ou au fond du golfe du Mexique ? ajouta Michel Ardan.

— Par exemple ! » s'écria le président Barbicane.

Et cette double hypothèse suggérée par ses compagnons eut pour effet immédiat de le rappeler immédiatement au sentiment.

Quoi qu'il en soit, on ne pouvait encore se prononcer sur la situation du boulet. Son immobilité
apparente, le défaut de communication avec l'extérieur, ne permettaient pas de résoudre la question.
Peut être le projectile déroulait-il sa trajectoire à
travers l'epace ? Peut être, après un court en-
lèvement, était il retombé sur terre, ou même
dans le golfe du Mexique, chute que le peu de
largeur de la presqu'île floridienne rendait possible?

Le cas était grave, le problème intéressant. Il
fallait le résoudre au plus tôt. Barbicane, surexcité, et triomphant par son énergie morale de sa
faiblesse physique, se releva. Il écouta. A l'extérieur, silence profond. Mais l'épais capitonnage
était suffisant pour intercepter tous les bruits de
la Terre. Cependant, une circonstance frappa Barbicane. La température à l'intérieur du projectile
était singulièrement élevée. Le président retira un
thermomètre de l'enveloppe qui le protégeait, et
il le consulta. L'instrument marquait quarante-
cinq degrés centigrades.

« Oui ! s'écria-t-il alors, oui ! nous marchons !
Cette étouffante chaleur transsude à travers les
parois du projectile ! Elle est produite par son
frottement sur les couches atmosphériques. Elle
va bientôt diminuer, parce que déjà nous flottons

ILS SOULEVÈRENT BARBICANE. (PAGE 22.)

dans le vide, et après avoir failli étouffer, nous su-
birons des froids intenses.

— Quoi, demanda Michel Ardan, suivant-toi
Barbicane, nous serions dès à présent hors des
limites de l'atmosphère terrestre ?

— Sans aucun doute, Michel. Ecoute-moi. Il
est dix heures cinquante cinq minutes. Nous
sommes partis depuis huit minutes environ. Or,
si notre vitesse initiale n'eût pas été diminuée par
le frottement, six secondes nous auraient suffi
pour franchir les seize lieues d'atmosphère qui
entourent le sphéroïde.

— Parfaitement, répondit Nicholl, mais dans
quelle proportion estimez-vous la diminution de
cette vitesse par le frottement ?

— Dans la proportion d'un tiers, Nicholl, répondit Barbicane. Cette diminution est considérable, mais, d'après mes calculs, elle est telle. Si
donc, nous avons eu une vitesse initiale de onze
mille mètres, au sortir de l'atmosphère cette vitesse sera réduite à sept mille trois cent trente deux
mètres. Quoi qu'il en soit, nous avons franchi
déjà cet intervalle, et....

— Et alors, dit Michel Ardan, l'ami Nicholl a
perdu ses deux paris : Quatre mille dollars, puisque la Columbiad n'a pas éclaté ; cinq mille dollars,
puisque le projectile s'est élevé à une hauteur su-

périeure à six milles. Donc, Nicholl, exécute-toi.

— Constatons d'abord, répondit le capitaine, et nous paierons ensuite. Il est très-possible que les raisonnements de Barbicane soient exacts, et que j'aie perdu mes neuf mille dollars. Mais une nouvelle hypothèse se présente à mon esprit, et elle annulerait la gageure.

— Laquelle ? demanda vivement Barbicane.

— L'hypothèse que, pour une raison ou une autre, le feu n'ayant pas été mis aux poudres, nous ne soyons pas partis.

— Pardieu, capitaine, s'écria Michel Ardan, voilà une hypothèse digne de mon cerveau ! Elle n'est pas sérieuse ! Est-ce que nous n'avons pas été à demi assommés par la secousse ? Est-ce que je ne t'ai pas rappelé à la vie ? Est-ce que l'épaule du président ne saigne pas encore du contre-coup qui l'a frappée ?

— D'accord, Michel, répliqua Nicholl, mais une seule question.

— Fais, mon capitaine.

— As-tu entendu la détonation qui certainement a dû être formidable ?

— Non, répondit Ardan, très-surpris, en effet, je n'ai pas entendu la détonation.

— Et vous, Barbicane ?

— Ni moi non plus.

— Eh bien? fit Nicholl.

— Au fait! murmura le président, pourquoi n'avons nous pas entendu la détonation? »

Les trois amis se regardèrent d'un air assez décontenancé. Il se présentait là un phénomène inexplicable. Le projectile était parti, cependant, et conséquemment, la détonation avait dû se produire.

« Sachons d'abord où nous en sommes, dit Barbicane, et rabattons les panneaux. »

Cette opération, extrêmement simple, fut aussitôt pratiquée. Les écrous qui maintenaient les boulons sur les plaques extérieures du hublot de droite, cédèrent sous la pression d'une clef anglaise. Ces boulons furent chassés au dehors, et des obturateurs garnis de caoutchouc bouchèrent le trou qui leur donnait passage. Aussitôt, la plaque extérieure se rabattit sur sa charnière comme un sabord, et le verre lenticulaire qui fermait le hublot apparut. Un hublot identique s'évidait dans l'épaisseur des parois sur l'autre face du projectile, un autre dans le dôme qui le terminait, un quatrième enfin au milieu du culot inférieur. On pouvait donc observer, dans quatre directions opposées, le firmament par les vitres latérales, et plus directement, la Terre ou la Lune par les ouvertures supérieures et inférieures du boulet.

Barbicane et ses deux compagnons s'étaient
aussitôt précipités à la vitre découverte. Nul rayon lumineux ne l'animait. Une profonde obscurité enveloppait le projectile. Ce qui n'empêcha
pas le président Barbicane de s'écrier :

« Non, mes amis, nous ne sommes pas retom-
bés sur Terre! Non, nous ne sommes pas immergés
au fond du golfe du Mexique! Oui ! nous montons
dans l'espace! Voyez ces étoiles qui brillent dans
la nuit, et cette impénétrable obscurité qui s'a-
masse entre la Terre et nous !

« Hurrah! Hurrah ! » s'écrièrent d'une commu-
voix Michel Ardan et Nicholl.

En effet, ces ténèbres compactes prouvaient que
le projectile avait quitté la Terre, car le sol, vivement éclairé alors par la clarté lunaire, eût apparu
aux yeux des voyageurs, s'ils eussent reposé à sa
surface. Cette obscurité démontrait aussi que le
projectile avait dépassé la couche atmosphérique,
car la lumière diffuse, répandue dans l'air, eût
reporté sur les parois métalliques un reflet qui
manquait aussi. Cette lumière aurait éclairé la
vitre du hublot, et cette vitre était obscure. Le
doute ne n'était plus permis. Les voyageurs
avaient quitté la Terre.

« J'ai perdu, dit Nicholl.
— Et je t'en félicite ! répondit Ardan.

— Voici neuf mille dollars, dit le capitaine en tirant de sa poche une liasse de dollars papier

— Voulez-vous un reçu? demanda Barbicane, en prenant la somme.

— Si cela ne vous désoblige pas, répondit Nicholl. C'est plus régulier ! »

Et, sérieusement, phlegmatiquement, comme s'il eût été à sa caisse, le président Barbicane tira son carnet, en détacha une page blanche, libella au crayon un reçu en règle, le data, le signa, le parapha, et le remit au capitaine qui l'enferma soigneusement dans son portefeuille.

Michel Ardan, ôtant sa casquette, s'inclina sans rien dire devant ses deux compagnons. Tant de formalisme en de pareilles circonstances, lui coupait la parole. Il n'avait jamais rien vu de si « américain ».

Barbicane et Nicholl, leur opération terminée, s'étaient replacés à la vitre et regardaient les constellations. Les étoiles se détachaient en points vifs sur le fond noir du ciel. Mais, de ce côté, on ne pouvait apercevoir l'astre des nuits, qui marchant de l'est à l'ouest, s'élevait peu à peu vers le zénith. Aussi son absence provoqua-t-elle une réflexion d'Ardan.

« Et la Lune? dit-il. Est-ce que, par hasard, elle manquerait à notre rendez-vous?

— Rassure-toi, répondit Barbicane. Notre futur sphéroïde est à son poste, mais nous ne pouvons l'apercevoir de ce côté. Ouvrons l'autre hublot latéral. »

Au moment où Barbicane allait abandonner la vitre pour procéder au dégagement du hublot opposé, son attention fut attirée par l'approche d'un objet brillant. C'était un disque énorme, dont les colossales dimensions ne pouvaient être appréciées. Sa face tournée vers la Terre s'éclairait vivement. On eût dit une petite Lune qui réfléchissait la lumière de la grande. Elle s'avançait avec une prodigieuse vitesse et paraissait décrire autour de la Terre une orbite qui coupait la trajectoire du projectile. Le mouvement de translation de ce mobile se complétait d'un mouvement de rotation sur lui-même. Il se comportait donc comme tous les corps célestes abandonnés dans l'espace.

« Eh! s'écria Michel Ardan, qu'est-cela? Un autre projectile? »

Barbicane ne répondit pas. L'apparition de ce corps énorme le surprenait et l'inquiétait. Une rencontre était possible, qui aurait eu des résultats déplorables, soit que le projectile fût dévié de sa route, soit qu'un choc, brisant son élan, le précipitât vers la Terre, soit enfin qu'il se vît irrésistiblement entraîné par la puissance attractive de cet astéroïde.

Le président Barbicane avait rapidement saisi les conséquences de ces trois hypothèses, qui, d'une façon ou d'une autre, amenaient fatalement l'insuccès de sa tentative. Ses compagnons, muets, regardaient à travers l'espace. L'objet grossissait prodigieusement en s'approchant, et par une certaine illusion d'optique, il semblait que le projectile se précipitât au-devant de lui.

« Mille dieux ! s'écria Michel Ardan, les deux trains vont se rencontrer ! »

Instinctivement, les voyageurs s'étaient rejetés en arrière. Leur épouvante fut extrême, mais elle ne dura pas longtemps. Quelques secondes à peine. L'astéroïde passa à plusieurs centaines de mètres du projectile, et disparut, non pas tant par la rapidité de sa course, que parce que sa face opposée à la Lune, se confondit subitement avec l'obscurité absolue de l'espace.

« Bon voyage ! s'écria Michel Ardan, en poussant un soupir de satisfaction. Comment ! l'infini n'est pas assez grand pour qu'un pauvre petit boulet puisse s'y promener sans crainte ! Ah çà ! qu'est-ce que ce globe prétentieux qui a failli nous heurter ?

— Je le sais, répondit Barbicane.

3

— Parbleu ! tu sais tout.

— C'est, dit Barbicane, un simple bolide, mais un bolide énorme que l'attraction de la Terre a retenu à l'état de satellite.

— Est-il possible ! s'écria Michel Ardan. La Terre à dont deux Lunes comme Neptune ?

— Oui, mon ami, deux Lunes, bien qu'elle passe généralement pour n'en posséder qu'une. Mais cette seconde Lune est si petite et sa vitesse est si grande, que les habitants de la Terre ne peuvent l'apercevoir. C'est en tenant compte de certaines perturbations qu'un astronome français, M. Petit, a pu déterminer l'existence de ce second satellite et en calculer les éléments. D'après ses observations, ce bolide accomplirait sa révolution autour de la Terre en trois heures vingt minutes seulement. Ce qui implique une vitesse prodigieuse.

— Tous les astronomes, demanda Nicholl, admettent-ils l'existence de ce satellite ?

— Non, répondit Barbicane, mais si, comme nous, ils s'étaient rencontrés avec lui, ils ne pourraient plus douter. Au fait, j'y pense, ce bolide qui nous eût fort embarrassé en nous heurtant, permet de préciser notre situation dans l'espace.

— Comment ? dit Ardan.

— Parce que sa distance est connue, et, au point où nous l'avons rencontré, nous étions exactement à huit mille cent quarante kilomètres de la surface du globe terrestre.

— Plus de deux mille lieues! s'écria Michel Ardan. Voilà qui enfonce les trains express de ce globe piteux qu'on appelle la Terre!

— Je le crois bien, répondit Nicholl en consultant son chronomètre, il est onze heures, et nous n'avons quitté le continent américain que depuis **treize** minutes.

— Treize minutes seulement? dit Barbicane.

— Oui, répondit Nicholl, et si notre vitesse initiale de onze kilomètres était constante, nous ferions près de dix mille lieues à l'heure!

— Tout cela est fort bien, mes amis, dit le président, mais reste toujours cette insoluble question. Pourquoi n'avons-nous pas entendu la détonation de la Columbiad? »

Faute de réponse, la conversation s'arrêta, et Barbicane, tout réfléchissant, s'occupa de rabaisser le mantelet du second hublot latéral. Son opération réussit, et, par la vitre dégagée, la Lune emplit l'intérieur du projectile d'une brillante lumière. Nicholl, en homme économe, éteignit le gaz qui devenait inutile, et dont l'éclat, d'ailleurs, nuisait à l'observation des espaces interplanétaires.

Le disque lunaire brillait alors avec une incomparable pureté. Ses rayons que **ne tamisait** plus

la vaporeuse atmosphère du globe terrestre, fil-
traient nettement à travers la vitre et saturaient
l'air intérieur du projectile de reflets argentins. Le
noir rideau du firmament doublait véritablement
l'éclat de la Lune, qui, dans ce vide de l'éther impropre à la diffusion, n'éclipsait pas les étoiles
voisines. Le ciel, ainsi vu, présentait un aspect
tout nouveau que l'œil humain ne pouvait soupçonner.

On conçoit l'intérêt avec lequel ces audacieux
contemplaient l'astre des nuits, but suprême de
leur voyage. Le satellite de la Terre dans son
mouvement de translation se rapprochait insensiblement du zénith, point mathématique qu'il devait atteindre environ quatre-vingt seize heures
plus tard. Ses montagnes, ses plaines, tout son relief ne s'accusaient pas plus nettement à leurs
yeux que s'ils les eussent considérés d'un point
quelconque de la Terre ; mais sa lumière, à travers le vide, se développait avec une incomparable
intensité. Le disque resplendissait comme un
miroir de platine. De la Terre qui fuyait sous
leurs pieds, les voyageurs avaient déjà oublié tout
souvenir.

Ce fut le capitaine Nicholl qui, le premier, rappela l'attention sur le globe disparu.

« Oui ! répondit Michel Ardan, ne soyons pas

ingrats envers lui. Puisque nous quittons notre
pays, que nos derniers regards lui appartiennent.
Je veux revoir la Terre avant qu'elle ne s'éclipse
complétement à mes yeux ! »

Barbicane, pour satisfaire aux désirs de son compagnon, s'occupa de déblayer la fenêtre du fond
du projectile, celle qui devait permettre d'observer
directement la Terre. Le disque que la force de
projection avait ramené jusqu'au culot fut dé-
monté, non sans peine. Ses morceaux, placés avec
soin contre les parois, pouvaient encore servir, le
cas échéant. Alors apparut une baie circulaire,
large de cinquante centimètres, évidée dans la partie inférieure du boulet. Un verre, épais de quinze
centimètres et renforcé d'une armature de cuivre,
la fermait. Au-dessous s'appliquait une plaque d'a-
luminium retenue par des boulons. Les écrous
dévissés, les boulons largués, la plaque se rabattit,
et la communication visuelle fut établie entre
l'intérieur et l'extérieur.

Michel Ardan s'était agenouillé sur la vitre
Elle était sombre, comme opaque.

« Eh bien ! s'écria-t-il, et la Terre ?

— La Terre, dit Barbicane, la voilà.

— Quoi ! fit Ardan, ce mince filet, ce croissant
argenté ?

— Sans doute, Michel. Dans quatre jours, lors-

que la Lune sera pleine, au moment même où
nous l'atteindrons, la Terre sera nouvelle. Elle ne
nous apparaît plus que sous la forme d'un croissant délié qui ne tardera pas à disparaître, et alors
elle sera noyée pour quelques jours dans une
ombre impénétrable.

— Ça ! la Terre ! » répétait Michel Ardan, regardant de tous ses yeux cette mince tranche de
sa planète natale.

L'explication donnée par le président Barbicane était juste. La Terre, par rapport au projectile, entrait dans sa dernière phase. Elle était
dans son octant et montrait un croissant fine-
ment tracé sur le fond noir du ciel. Sa lumière,
rendue bleuâtre par l'épaisseur de la couche atmosphérique, offrait moins d'intensité que celle
du croissant lunaire. Ce croissant se présentait
sous des dimensions considérables. On eût dit
un arc énorme tendu sur le firmament. Quelques
points, vivement éclairés, surtout dans sa partie
concave, annonçaient la présence de hautes montagnes ; mais ils disparaissaient parfois sous d'é-
paisses taches qui ne se voient jamais à la surface
du disque lunaire. C'étaient des anneaux de
nuages disposés concentriquement autour du
sphéroïde terrestre.

Cependant, par suite d'un phénomène naturel,

identique à celui qui se produit sur la Lune lorsqu'elle est dans ses octants, on pouvait saisir le
contour entier du globe terrestre. Son disque entier apparaissait assez visiblement par un effet de
lumière cendrée, moins appréciable que la lumière cendrée de la Lune. Et la raison de cette intensité moindre est facile à comprendre. Lorsque
ce reflet se produit sur la Lune, il est dû aux
rayons solaires que la Terre réfléchit vers son satellite. Ici, par un effet inverse, il était dû aux rayons
solaires réfléchis de la Lune vers la Terre. Or, la
lumière terrestre est environ treize fois plus intense que la lumière lunaire, ce qui tient à la différence de volume des deux corps. De là, cette
conséquence que, dans le phénomène de la lumière cendrée, la partie obscure du disque de la
Terre se dessine moins nettement que celle du
disque de la Lune, puisque l'intensité du phénomène est proportionnelle au pouvoir éclairant des
deux astres. Il faut ajouter aussi que le croissant
terrestre semblait former une courbe plus allongée que celle du disque. Pur effet d'irradiation.

Tandis que les voyageurs cherchaient à percer
les profondes ténèbres de l'espace, un bouquet
étincelant d'étoiles filantes s'épanouit à leurs
yeux. Des centaines de bolides, enflammés au
contact de l'atmosphère, rayaient l'ombre de

traînées lumineuses et zébraient de leurs feux
la partie cendrée du disque. A cette époque, la
Terre était dans son périhélie, et le mois de
décembre est si propice à l'apparition de ces
étoiles filantes, que des astronomes en ont compté
jusqu'à vingt-quatre mille par heure. Mais Michel Ardan, dédaignant les raisonnements scientifiques, aima mieux croire que la Terre saluait
de ses plus brillants feux d'artifice le départ de
trois de ses enfants.

En somme, c'était tout ce qu'ils voyaient de ce
sphéroïde perdu dans l'ombre, astre inférieur du
monde solaire, qui pour les grandes planètes, se
couche ou se lève comme une simple étoile du
matin ou du soir! Imperceptible point de l'espace, ce n'était plus qu'un croissant fugitif, ce
globe où ils avaient laissé toutes leurs affections!

Longtemps, les trois amis, sans parler, mais
unis de cœur, regardèrent, tandis que le projectile
s'éloignait avec une vitesse uniformément décroissante. Puis, une somnolence irrésistible en-
vahit leur cerveau. Était-ce fatigue de corps et
fatigue d'esprit? Sans doute, car après la surexcitation de ces dernières heures passées sur Terre,
la réaction devait inévitablement se produire.

« Eh bien, dit Michel, puisqu'il faut dormir,
dormons. »

Et, s'étendant sur leurs couchettes, tous trois furent bientôt ensevelis dans un profond sommeil.

Mais ils ne s'étaient pas assoupis depuis un quart d'heure, que Barbicane se relevait subitement et réveillant ses compagnons d'une voix formidable :

« J'ai trouvé ! s'écria-t-il !

— Qu'as-tu trouvé ? demanda Michel Ardan, sautant hors de sa couchette.

— La raison pour laquelle nous n'avons pas entendu la détonation de la Columbiad !

— Et c'est ?.. fit Nicholl.

— Parce que notre projectile allait plus vi⁻ que le son ! »

CHAPITRE III

OU L'ON S'INSTALLE

Cette explication curieuse, mais certainement exacte, une fois donnée, les trois amis s'étaient replongés dans un profond sommeil. Où auraient-ils, pour dormir, trouvé un lieu plus calme, un milieu plus paisible? Sur terre, les maisons des villes, les chaumières des campagnes, ressentent toutes les secousses imprimées à l'écorce du globe? Sur mer, le navire, ballotté par les lames, n'est que choc et mouvement? Dans l'air, le ballon oscille incessamment sur des couches fluides de densités diverses? Seul, ce projectile, flottant dans le vide absolu, au milieu du silence absolu, offrait à ses hôtes le repos absolu.

Aussi, le sommeil des trois aventureux voyageurs se fût-il peut-être indéfiniment prolongé,

si un bruit inattendu ne les eût éveillé vers sept
heures du matin, le 2 décembre, huit heures après
eur départ.

Ce bruit, c'était un aboiement très-caractérisé.
« Les chiens ! Ce sont les chiens ! » s'écria Michel
Ardan, se relevant aussitôt.

— Ils ont faim, dit Nicholl.

— Pardieu ! repondit Michel, nous les avons
oubliés !

— Où sont-ils ? » demanda Barbicane.

On chercha, et l'on trouva l'un de ces animaux
blotti sous le divan. Épouvanté, anéanti par le
choc initial, il était resté dans ce coin jusqu'au
moment où la voix lui revint avec le sentiment de
la faim.

C'était l'aimable Diane, assez penaude encore,
qui s'allongea hors de sa retraite, non sans se faire
prier. Cependant Michel Ardan l'encourageait
de ses plus gracieuses paroles.

« Viens, Diane, disait-il, viens, ma fille ! toi,
dont la destinée marquera dans les annales cyné-
gétiques ! toi que les païens eussent donnée pour
compagne au dieu Anubis, et les chrétiens pour
amie à saint Roch ! toi, digne d'être forgée en ai-
rain par le roi des enfers, comme ce toutou que
Jupiter céda à la belle Europe au prix d'un baiser !
toi, dont la célébrité effacera celle des héros de

Montargis et du mont Saint-Bernard! toi, qui
t'élançant vers les espaces interplanétaires, seras
peut-être l'Ève des chiens sélénites! toi qui justi-
fieras là-haut cette parole de Toussenel: « Au com
mencement, Dieu créa l'homme, et le voyant si
faible, il lui donna le chien! » Viens, Diane! viens
ici! »

Diane, flattée ou non, s'avançait peu à peu et
poussait des gémissements plaintifs.

« Bon! fit Barbicane, je vois bien Ève, mais où
est Adam?

— Adam! répondit Michel, Adam ne peut être
loin! Il est là, quelque part! Il faut l'appeler!
Satellite! ici, Satellite! »

Mais Satellite ne paraissait pas. Diane continuait de gémir. On constata, cependant, qu'elle
n'était point blessée, et on lui servit une appétis-
sante pâtée qui fit taire ses plaintes.

Quant à Satellite, il semblait introuvable. Il
fallut chercher longtemps, avant de le découvrir
dans un des compartiments supérieurs du projectile, où un contre-coup, assez inexplicable, l'avait
violemment lancé. La pauvre bête, fort endom-
magée, était dans un piteux état.

« Diable! dit Michel, voilà notre acclimatation
compromise! »

On descendit le malheureux chien avec précaution. Sa tête s'était fracassée contre la voûte, et il semblait difficile qu'il revînt d'un tel choc. Néanmoins, il fut confortablement étendu sur un coussin, et là il laissa échapper un soupir.

« Nous te soignerons, dit Michel. Nous sommes responsables de ton existence. J'aimerais mieux perdre un bras qu'une patte de mon pauvre Satellite! »

Et, ce disant, il offrit quelques gorgées d'eau au blessé, qui les but avidement.

Ces soins donnés, les voyageurs observèrent attentivement la Terre et la Lune. La Terre n'était plus figurée que par un disque cendré que terminait un croissant plus rétréci que la veille ; mais son volume restait encore énorme, si on le comparait à celui de la Lune qui se rapprochait de plus en plus d'un cercle parfait.

« Parbleu ! dit alors Michel Ardan, je suis vraiment fâché que nous ne soyons pas partis au moment de la pleine Terre, c'est-à-dire lorsque notre globe se trouvait en opposition avec le Soleil.

— Pourquoi ? demanda Nicholl.

— Parce que nous aurions aperçu sous un nouveau jour nos continents et nos mers, ceux-ci resplendissants sous la projection des rayons solaires, celles-là plus sombres et telles qu'on les reproduit sur certaines mappemondes ! J'aurais voulu voir ces pôles de la Terre sur lesquels le regard de l'homme ne s'est encore jamais reposé !

— Sans doute, répondit Barbicane, mais si la Terre avait été pleine, la Lune aurait été nouvelle, c'est-à-dire invisible au milieu de l'irradiation du Soleil. Or, mieux vaut pour nous voir le but d'arrivée que le point de départ.

— Vous avez raison, Barbicane, répondit le capitaine Nicholl, et d'ailleurs, quand nous aurons atteint la Lune, nous aurons le temps, pendant les longues nuits lunaires, de considérer à loisir ce globe où fourmillent nos semblables !

— Nos semblables ! s'écria Michel Ardan. Mais maintenant, ils ne sont pas plus nos semblables que les Sélénites ! Nous habitons un monde nouveau, peuplé de nous seuls, le projectile ! Je suis le semblable de Barbicane, et Barbicane est le semblable de Nicholl. Au-delà de nous, en dehors de nous, l'humanité finit, et nous sommes les seules populations de ce microcosme jusqu'au moment où nous deviendrons de simples Sélénites !

— Dans quatre-vingt-huit heures environ, répliqua le capitaine.

— Ce qui veut dire?.. demanda Michel Ardan.

— Qu'il est huit heures et demie, répondit Nicholl.

— Eh bien, repartit Michel, il m'est impossible de trouver même l'apparence d'une raison pour laquelle nous ne déjeunerions pas illico. »

En effet, les habitants du nouvel astre ne pouvaient y vivre sans manger, et leur estomac subissait alors les impérieuses lois de la faim. Michel Ardan, en sa qualité de Français, se déclara cuisinier en chef, importante fonction qui ne lui suscita pas de concurrents. Le gaz donna les quelques degrés de chaleur suffisants pour les apprêts culinaires, et le coffre aux provisions fournit les éléments de ce premier festin.

Le déjeuner débuta par trois tasses d'un bouillon excellent, dû à la liquéfaction dans l'eau chaude de ces précieuses tablettes Liebig, préparées avec les meilleurs morceaux des ruminants des Pampas. Au bouillon de bœuf succédèrent quelques tranches de beefsteaks comprimées à la presse hydraulique, aussi tendres, aussi succulents que s'ils fussent sortis des cuisines du Café Anglais. Michel, homme d'imagination, soutint même qu'ils étaient « saignants. »

Des légumes conservés « et plus frais que nature », dit aussi l'aimable Michel, succédèrent au plat de viande, et furent suivis de quelques tasses de thé avec tartines beurrées à l'américaine. Ce breuvage, déclaré exquis, était dû à l'infusion de

feuilles de premier choix dont l'empereur de Rus-
sie avait mis quelques caisses à la disposition des
voyageurs.

Enfin, pour couronner ce repas, Ardan dénicha
une fine bouteille de Nuits, qui se trouvait « par
hasard » dans le compartiment des provisions. Les
trois amis la burent à l'union de la Terre et de
son satellite.

Et comme si ce n'était pas assez de ce vin généreux qu'il avait distillé sur les coteaux de la Bour-
gogne, le Soleil voulut se mettre de la partie. Le
projectile sortait en ce moment du cône d'ombre
projeté par le globe terrestre, et les rayons de l'astre
radieux frappèrent directement le disque inférieur du boulet, en raison de l'angle que fait l'orbite de la Lune avec celui de la Terre.

« Le Soleil ! s'écria Michel Ardan.

— Sans doute, répondit Barbicane. Je l'atten-
dais.

— Cependant, dit Michel, le cône d'ombre que
la Terre laisse dans l'espace s'étend au-delà de la
Lune?

— Beaucoup au-delà, si on ne tient pas compte
de la réfraction atmosphérique, dit Barbicane.
Mais quand la Lune est enveloppée dans cette ombre, c'est que les centres des trois astres, le Soleil, la
Terre et la Lune, sont en ligne droite. Alors les

LE SOLEIL VOULUT SE METTRE DE LA PARTIE. (PAGE 46.)

nœuds coïncident avec les phases de la Pleine-
Lune et il y a éclipse. Si nous étions partis au
moment d'une éclipse de Lune, tout notre trajet se
fût accompli dans l'ombre. Ce qui eût été fâcheux.

— Pourquoi?

— Parce que, bien que nous flottions dans le
vide, notre projectile, baigné au milieu des rayons
solaires, recueillera leur lumière et leur chaleur.
Donc, économie de gaz, économie précieuse à tous
égards. »

En effet, sous ces rayons dont aucune atmosphère n'adoucissait la température et l'éclat, le
projectile se réchauffait et s'éclairait comme s'il
eût subitement passé de l'hiver à l'été. La Lune
en haut, le Soleil en bas, l'inondaient de leurs
feux.

« Il fait bon ici, dit Nicholl.

— Je le crois bien! s'écria Michel Ardan. Avec
un peu de terre végétale répandue sur notre planète d'aluminium, nous ferions pousser des petits
pois en vingt-quatre heures. Je n'ai qu'une crainte,
c'est que les parois du boulet n'entrent en fusion!

— Rassure-toi, mon digne ami, répondit Barbicane. Le projectile a supporté une température
bien autrement élevée, pendant qu'il glissait sur
les couches atmosphériques. Je ne serais même
pas étonné qu'il se fût montré aux yeux des spec-

tateurs de la Floride comme un bolide en feu.

— Mais alors J.-T. Maston doit nous croire rôtis !

— Ce qui m'étonne, répondit Barbicane, c'est que nous l'ayons pas été. C'était là un danger que nous n'avions pas prévu.

— Je le craignais, moi, répondit simplement Nicholl.

— Et tu ne nous en avait rien dit, sublime capitaine ! » s'écria Michel Ardan, en serrant la main de son compagnon.

Cependant Barbicane procédait à son installation dans le projectile comme s'il n'eût jamais dû le quitter. On se rappelle que ce wagon aérien offrait à sa base une superficie de cinquante-quatre pieds carrés. Haut de douze pieds jusqu'au sommet de sa voûte, habilement aménagé à l'intérieur, peu encombré par les instruments et ustensiles de voyage qui occupaient chacun une place spéciale, il laissait à ses trois hôtes une certaine liberté de mouvements. L'épaisse vitre, engagée dans une partie du culot, pouvait supporter impunément un poids considérable. Aussi Barbicane et ses compagnons marchaient-ils à sa surface comme sur un plancher solide ; mais le Soleil, qui la frappait directement de ses rayons, éclairant par en dessous l'intérieur du projectile, y produisait de singuliers effets de lumière.

On commença par vérifier l'état de la caisse à
eau et de la caisse aux vivres. Ces récipients n'a-
vaient aucunement souffert, grâce aux dispositions
prises pour amortir le choc. Les vivres étaient
abondants et pouvaient nourrir les trois voyageurs
pendant une année entière. Barbicane avait voulu
se précautionner pour le cas ou le projectile arriverait sur une portion absolument stérile de la Lune.
Quant à l'eau et à la réserve d'eau-de-vie qui comprenait cinquante gallons, il y en avait pour
deux mois seulement. Mais, à s'en rapporter aux
dernières observations des astronomes, la Lune
conservait une atmosphère basse, dense, épaisse,
au moins dans ses vallées profondes, et là, les ruis-
seaux, les sources ne pouvaient manquer. Donc,
pendant la durée du trajet et pendant la première
année de leur installation sur le continent lunaire,
les aventureux explorateurs ne devaient être éprou-
vés ni par la faim ni par la soif.

Restait la question de l'air à l'intérieur du projectile. Là encore, toute sécurité. L'appareil Reiset et Regnaut, destiné à la production de l'oxygène, était alimenté pour deux mois de chlorate
de potasse. Il consommait nécessairement une certaine quantité de gaz, car il devait maintenir au-
dessus de quatre cents degrés la matière produc-
trice. Mais là encore, on était en fonds. L'appareil

ne demandait, d'ailleurs, qu'un peu de surveil-
lance. Il fonctionnait automatiquement. A cette
température élevée, le chlorate de potasse, se chan-
geant en chlorure de potassium, abandonnait tout
l'oxygène qu'il contenait. Or, que donnaient dix-
huit livres de chlorate de potasse? Les sept livres
d'oxygène nécessaire à la consommation quotidienne des hôtes du projectile.

Mais il ne suffisait pas de renouveler l'oxygène
dépensé; il fallait encore absorber l'acide carbonique produit par l'expiration. Or, depuis une
douzaine d'heures, l'atmosphère du boulet s'était
chargée de ce gaz absolument délétère, produit dé-
finitif de la combustion des éléments du sang par
l'oxygène inspiré. Nicholl reconnut cet état de
l'air, en voyant Diane haleter péniblement. En
effet, l'acide carbonique, — par un phénomène
identique à celui qui se produit dans la fameuse
Grotte du Chien, — se massait vers le fond du projectile, en raison de sa pesanteur. La pauvre
Diane, la tête basse, devait donc souffrir avant
ses maîtres de la présence de ce gaz. Mais le capitaine Nicholl se hâta de remédier à cet état de
choses. Il disposa sur le fond du projectile plusieurs récipients contenant de la potasse caus-
tique qu'il agita pendant un certain temps, et
cette matière, très-avide d'acide carbonique, l'ab-

sorba complétement et purifia ainsi l'air intérieur.

L'inventaire des instruments fut alors commencé. Les thermomètres et les baromètres avaient
résisté, sauf un thermomètre à minima dont le
verre s'était brisé. Un excellent anéroïde, retiré de
la boîte ouatée qui le contenait, fut accroché à
l'une des parois. Naturellement, il ne subissait
et ne marquait que la pression de l'air à l'intérieur
du projectile. Mais il indiquait aussi la quantité de
vapeur d'eau qu'il renfermait. En ce moment son
aiguille oscillait entre 735 et 760 millimètres. C'é-
tait « du beau temps ».

Barbicane avait emporté aussi plusieurs compas
qui furent retrouvés intacts. On comprend que
dans ces conditions, leur aiguille était affolée, c'est-
à-dire sans direction constante. En effet, à la distance ou le boulet se trouvait de la Terre, le pôle
magnétique ne pouvait exercer sur l'appareil aucune action sensible. Mais ces boussoles, transpor-
tées sur le disque lunaire, y constateraient peut-
être des phénomènes particuliers. En tout cas, il
était intéressant de vérifier si le satellite de la Terre
se soumettait comme elle à l'influence magnétique.

Un hypsomètre pour mesurer l'altitude des
montagnes lunaires, un sextant destiné à prendre

la hauteur du Soleil, un théodolite, instrument de géodésie qui sert à lever les plans et à réduire les angles à l'horizon, les lunettes dont l'usage devait être très-apprécié aux approches de la Lune, tous ces instruments furent visités avec soin et reconnus bons, malgré la violence de la secousse initiale.

Quant aux ustensiles, aux pics, aux pioches, aux divers outils dont Nicholl avait fait un choix spécial; quant aux sacs de graines variées, aux arbustes que Michel Ardan comptait transplanter dans les terres sélénites, ils étaient à leur place dans les coins supérieurs du projectile. Là s'évidait une sorte de grenier encombré d'objets que le prodigue Français y avait empilés. Quels ils étaient, on ne savait guère, et le joyeux garçon ne s'expliquait pas là-dessus. De temps en temps, il montait par des crampons rivés aux parois jusqu'à ce capharnaüm, dont il s'était réservé l'inspection. Il rangeait, il arrangeait, il plongeait une main rapide dans certaines boîtes mystérieuses, en chantant de la voix la plus fausse quelque vieux refrain de France qui égayait la situation.

Barbicane observa avec intérêt que ses fusées et autres artifices n'avaient pas été endommagés. Ces pièces importantes, puissamment chargées, devaient servir à ralentir la chute du projectile, lorsque celui-ci, sollicité par l'attraction lunaire.

après avoir dépassé le point d'attraction neutre, tomberait sur la surface de la Lune. Chute, d'ailleurs, qui devait être six fois moins rapide qu'elle ne l'eût été à la surface de la Terre, grâce à la différence de masse des deux astres.

L'inspection se termina donc à la satisfaction générale. Puis chacun revint observer l'espace par les fenêtres latérales et à travers la vitre inférieure.

Même spectacle. Toute l'étendue de la sphère céleste, fourmillant d'étoiles et de constellations d'une pureté merveilleuse, à rendre fou un astronome ! D'un côté, le Soleil, comme la gueule d'un four embrasé, disque éblouissant sans auréole se détachant sur le fond noir du ciel. De l'autre, la Lune lui rejetant ses feux par réflexion, et comme immobile au milieu du monde stellaire. Puis, une tache assez forte, qui semblait trouer le firmament et que bordait encore un demi-liséré argenté : c'était la Terre. Çà et là, des nébuleuses massées comme de gros flocons d'une neige sidérale, et du zénith au nadir, un immense anneau formé d'une impalpable poussière d'astres, cette voie lactée, au milieu de laquelle le Soleil ne compte que pour une étoile de quatrième grandeur !

Les observateurs ne pouvaient détacher leurs regards de ce spectacle si nouveau, dont aucune

description ne saurait donner l'idée. Que de réflexions il leur suggéra ! Quelles émotions inconnues il éveilla dans leur âme ! Barbicane voulut
commencer le récit de son voyage sous l'empire
de ces impressions, et il nota heure par heure tous
les faits qui signalaient le début de son entreprise.
Il écrivait tranquillement de sa grosse écriture
carrée et dans un style un peu commercial.

Pendant ce temps, le calculateur Nicholl re-
voyait ses formules de trajectoires et manœuvrait
les chiffres avec une dextérité sans pareille. Michel Ardan causait tantôt avec Barbicane qui ne
lui répondait guère, tantôt avec Nicholl qui ne
l'entendait pas, avec Diane qui ne comprenait rien
à ses théories, avec lui-même enfin, se faisant
demandes et réponses, allant, venant, s'occupant de mille détails, tantôt courbé sur la vitre
inférieure, tantôt juché dans les hauteurs du
projectile, et toujours chantonnant. Dans ce microcosme il représentait l'agitation et la loquacité
française, et l'on est prié de croire qu'elle était
dignement représentée.

La journée, ou plutôt,—car l'expression n'est pas
juste,—le laps de douze heures qui forme le jour
sur Terre, se termina par un souper copieux fine-
ment préparé. Aucun incident de nature à altérer
la confiance des voyageurs ne s'était encore produit.

Aussi, pleins d'espoir, déjà sûrs du succès, ils
s'endormirent paisiblement, tandis que le projectile, sous une vitesse uniformément décroissante,
franchissait les routes du ciel.

CHAPITRE IV

UN PEU D'ALGÈBRE.

La nuit se passa sans incident. A vrai dire, ce mot « nuit » est impropre. La position du projectile ne changeait pas par rapport au Soleil. Astronomiquement, il faisait jour sur la partie inférieure du boulet, nuit sur sa partie supérieure. Lors donc que dans ce récit ces deux mots sont employés, ils expriment le laps de temps qui s'écoule entre le lever et le coucher du Soleil sur la Terre.

Le sommeil des voyageurs fut d'autant plus paisible que, malgré son excessive vitesse, le projectile semblait être absolument immobile. Aucun mouvement ne trahissait sa marche à travers l'espace. Le déplacement, quelque rapide qu'il soit, ne peut produire un effet sensible sur l'organisme, quand il a lieu dans le vide ou lorsque la masse d'air circule avec le corps entraîné. Quel habitant de la Terre s'aperçoit de sa vitesse, qui l'emporte cependant à raison de quatre-vingt-dix mille kilomètres par heure ? Le mouvement, dans ces conditions, ne se « ressent » pas plus que le repos. Aussi tout corps y est il indifférent. Un corps est-il en repos, il y demeurera tant qu'aucune force étrangère ne le déplacera. Est-il en mouvement, il ne s'arrêtera plus si aucun obstacle ne vient enrayer sa marche. Cette indifférence au mouvement ou au repos, c'est l'inertie.

Barbicane et ses compagnons pouvaient donc se croire dans une immobilité absolue, étant enfermés à l'intérieur du projectile. L'effet eût été le même, d'ailleurs, s'ils se fussent placés à l'extérieur. Sans la Lune qui grossissait au-dessus d'eux, sans la Terre qui diminuait au-dessous, ils auraient juré qu'ils flottaient dans une stagnation complète.

Ce matin-là, le 3 décembre, ils furent réveillés par un bruit joyeux, mais inattendu. Ce fut le chant du coq qui retentit à l'intérieur du wagon.

Michel Ardan, le premier sur pied, grimpa jusqu'au sommet du projectile, et fermant une caisse entr'ouverte :

« Veux-tu te taire ! dit-il à voix basse. Cet animal-là va faire manquer ma combinaison ! »

Cependant Nicholl et Barbicane s'étaient réveillés.

« Un coq ? avait dit Nicholl.

— Eh non! mes amis, répondit vivement Michel, c'est moi qui ai voulu vous réveiller par cette vocalise champêtre! »

Et ce disant, il poussa un splendide kokoriko qui eût fait honneur au plus orgueilleux des gallinacées.

Les deux Américains ne purent s'empêcher de rire.

« Un joli talent, dit Nicholl, regardant son compagnon d'un air soupçonneux.

— Oui, répondit Michel, une plaisanterie de mon pays. C'est très-gaulois. On fait, comme cela, le coq dans les meilleures sociétés! »

Puis, détournant la conversation:

« Sais-tu, Barbicane, dit-il, à quoi j'ai pensé toute la nuit?

— Non, répondit le président.

— A nos amis de Cambridge. Tu as déjà remarque je suis un admirable ignorant des choses mathématiques. Il m'est donc impossible de deviner comment nos savants de l'Observatoire ont pu calculer quelle vitesse initiale devrait avoir le projectile en quittant la Columbiad pour atteindre la Lune.

— Tu veux dire, répliqua Barbicane, pour atteindre ce point neutre où les attractions terrestres et lunaires se font équilibre, car, à partir de ce point, situé aux neuf dixièmes du parcours environ, le projectile tombera sur la Lune simplement en vertu de sa pesanteur.

— Soit, répondit Michel, mais, encore une fois, comment ont-ils pu calculer la vitesse initiale?

— Rien n'est plus aisé, répondit Barbicane.

— Et tu aurais su faire ce calcul? demanda Michel Ardan.

— Parfaitement. Nicholl et moi, nous l'eussions établi, si la note de l'Observatoire ne nous eût évité cette peine.

— Eh bien, mon vieux Barbicane, répondit Michel, on m'eût plutôt coupé la tête, en commençant par les pieds, que de me faire résoudre cet problème-là!

— Parce que tu ne sais pas l'algèbre, répliqua tranquillement Barbicane.

— Ah! vous voilà bien, vous autres, mangeurs d'*x*! Vous croyez avoir tout dit quand vous avez dit: l'algèbre.

— Michel, répliqua Barbicane, crois-tu qu'on puisse forger sans marteau ou labourer sans charrue?

— Difficilement.

— Eh bien, l'algèbre est un outil, comme la charrue ou le marteau, et un bon outil pour qui sait l'employer.

— Sérieusement ?

— Très-sérieusement.

— Et tu pourrais manier cet outil-là devant moi !

— Si cela t'intéresse.

— Et me montrer comment on a calculé la vitesse initiale de notre wagon ?

— Oui, mon digne ami. En tenant compte de tous les éléments du problème, de la distance du centre de la Terre au centre de la Lune, du rayon de la Terre, de la masse de la Terre, de la masse de la Lune, je puis établir exactement quelle a dû être la vitesse initiale du projectile, et cela par une simple formule.

— Voyons la formule.

— Tu la verras. Seulement, je ne te donnerai pas la courbe tracée réellement par le boulet entre la Lune et la Terre, en tenant compte de leur mouvement de translation autour du Soleil. Non. Je considérerai ces deux astres comme immobiles, ce qui nous suffit.

— Et pourquoi ?

— Parce que ce serait chercher la solution de ce problème qu'on appelle « le problème des trois corps, » et que le calcul intégral n'est pas encore assez avancé pour le résoudre.

— Tiens, fit Michel Ardan de son ton narquois, les mathématiques n'ont donc pas dit leur dernier mot?

— Certainement non, répondit Barbicane.

— Bon! Peut-être les Sélénites ont-ils poussé plus loin que vous le calcul intégral ! Et à propos, qu'est-ce que ce calcul intégral?

— C'est un calcul qui est l'inverse du calcul différentiel, répondit sérieusement Barbicane.

— Bien obligé.

— Autrement dit, c'est un calcul par lequel on cherche les quantités finies dont on connaît la différentielle.

— Au moins, voilà qui est clair, répondit Michel d'un air on ne peut plus satisfait.

— Et maintenant, reprit Barbicane, un bout de papier, un bout de crayon, et avant une demi-heure je veux avoir trouvé la formule demandée. »

Barbicane, cela dit, s'absorba dans son travail, tandis que Nicholl observait l'espace, laissant à son compagnon le soin du déjeuner.

Une demi-heure ne s'était pas écoulée que Barbicane, relevant la tête, montrait à Michel Ardan une page couverte de signes algébriques, au milieu desquels se détachait cette formule générale:

5

$$\frac{1}{2}\left(v^2 - v_0^2\right) = gr\left\{\frac{r}{x} - 1 + \frac{m'}{m}\left(\frac{r}{d-x} - \frac{r}{d-r}\right)\right\}$$

« Et cela signifie?... demanda Michel.

— Cela signifie, répondit Nicholl, que : un demi de *v* deux moins *v* zéro carré, égale *gr* multiplié par *r* sur *x* moins un, plus *m* prime sur *m* multiplié par *r* sur *d* moins *x*, moins *r* sur *d* moins *r*...

— *X* sur *y* monté sur *z* et chevauchant sur *p*, s'écria Michel Ardan, en éclatant de rire. Et tu comprends cela, capitaine?

— Rien n'est plus clair.

— Comment donc! dit Michel. Mais cela saute aux yeux, et je n'en demande pas davantage.

— Rieur sempiternel! répliqua Barbicane. Tu as voulu de l'algèbre, et tu en auras jusqu'au menton!

— J'aime mieux qu'on me pende!

— En effet, répondit Nicholl, qui examinait la formule en connaisseur, ceci me paraît bien trouvé, Barbicane. C'est l'intégrale de l'équation des forces vives, et je ne doute pas qu'elle ne nous donne le résultat cherché!

— Mais je voudrais comprendre! s'écria Michel. Je donnerais dix ans de la vie de Nicholl pour comprendre!

— Écoute alors, reprit Barbicane. Un demi de

v deux moins v zéro carré, c'est la formule qui nous donne la demi-variation de la force vive.

— Bon, et Nicholl sait ce que cela signifie?

— Sans doute, Michel, répondit le capitaine. Tous ces signes qui te paraissent cabalistiques, forment cependant le langage le plus clair, le plus net, le plus logique pour qui sait le lire.

— Et tu prétends, Nicholl, demanda Michel, qu'au moyen de ces hiéroglyphes, plus incompréhensibles que des ibis égyptiens, tu pourras trouver quelle vitesse initiale il convenait d'imprimer au projectile?

— Incontestablement, répondit Nicholl, et même, par cette formule, je pourrai toujours te dire quelle est sa vitesse à un point quelconque de son parcours.

— Ta parole?

— Ma parole.

— Alors, tu es aussi malin que notre président?

— Non, Michel. Le difficile, c'est ce qu'a fait Barbicane. C'est d'établir une équation qui tienne compte de toutes les conditions du problème. Le reste n'est plus qu'une question d'arithmétique, et n'exige que la connaissance des quatre règles.

— C'est déjà beau! répondit Michel Ardan, qui, de sa vie. n'avait pu faire une addition juste et qui définissait ainsi cette règle: « Petit casse-tête chinois qui permet d'obtenir des totaux indéfiniment variés. »

Cependant Barbicane répondait que Nicholl, en y songeant, aurait certainement trouvé cette formule.

« Je n'en sais rien, disait Nicholl, car, plus je l'étudie, plus je la trouve merveilleusement établie.

— Maintenant, écoute, dit Barbicane à son ignorant camarade, et tu vas voir que toutes ces lettres ont une signification.

— J'écoute, dit Michel d'un air résigné.

— d, fit Barbicane, c'est la distance du centre de la Terre au centre de la Lune, car ce sont les centres qu'il faut prendre pour calculer les attractions.

— Cela je le comprends.

— r est le rayon de la Terre.

— r, rayon. Admis.

— m est la masse de la Terre; m prime la masse de la Lune. En effet, il faut tenir compte de la masse des deux corps attirants, puisque l'attraction est proportionnelle aux masses.

— C'est entendu.

— g représente la gravité, la vitesse acquise au bout d'une seconde par un corps qui tombe à la surface de la Terre. Est-ce clair?

— De l'eau de roche! répondit Michel.

— Maintenant, je représente par x la distance variable qui sépare le projectile du centre de la Terre, et par v la vitesse qu'a ce projectile à cette distance.

— Bon.

— Enfin, l'expression v zéro qui figure dans l'équation, est la vitesse que possède le boulet au sortir de l'atmosphère.

— En effet, dit Nicholl, c'est à ce point qu'il fallait calculer cette vitesse, puisque nous savons déjà que la vitesse au départ vaut exactement les trois demis de la vitesse au sortir de l'atmosphère.

— Comprends plus! fit Michel.

— C'est pourtant bien simple, dit Barbicane.

— Pas si simple que moi, répliqua Michel.

— Cela veut dire que lorsque notre projectile est arrivé à la limite de l'atmosphère terrestre, il avait déjà perdu un tiers de sa vitesse initiale.

— Tant que cela?

— Oui, mon ami, rien que par son frottement sur les couches atmosphériques. Tu comprends bien que plus il marchait rapidement, plus il trouvait de résistance de la part de l'air.

— Ça, je l'admets, répondit Michel, et je le comprends, bien que tes v zéro deux et tes v zéro carré se secouent dans ma tête comme des clous dans un sac !

— Premier effet de l'algèbre, reprit Barbicane Et maintenant, pour t'achever, nous allons établir la donnée numérique de ces diverses expressions, c'est-à-dire chiffrer leur valeur.

— Achevez-moi ! répondit Michel.

— De ces expressions, dit Barbicane, les unes sont connues, les autres sont à calculer.

— Je me charge de ces dernières, dit Nicholl.

— Voyons r, reprit Barbicane. r c'est le rayon de la Terre qui, sous la latitude de la Floride, notre point de départ, égale six millions trois cent soixante-dix mille mètres. d, c'est-à-dire la distance du centre de la Terre au centre de la Lune, vaut cinquante-six rayons terrestres, soit... »

Nicholl chiffra rapidement.

« Soit, dit-il, trois cent cinquante-six millions sept cent vingt mille mètres, au moment où la Lune est à son périgée, c'est-à-dire à sa distance le plus rapprochée de la Terre.

— Bien, fit Barbicane. Maintenant m prime sur m, c'est-à-dire le rapport de la masse de la Lune à celle de la Terre, égale un quatre-vingt-unième.

— Parfait, dit Michel.

— g, la gravité, est à la Floride de neuf mètres

quatre-vingt-un. D'où il résulte que g r égale...

— Soixante-deux millions quatre cent vingt-six mille mètres carrés, répondit Nicholl.

— Et maintenant? demanda Michel Ardan.

— Maintenant que les expressions sont chiffrées, répondit Barbicane, je vais chercher la vitesse v zéro, c'est-à-dire la vitesse que doit avoir le projectile en quittant l'atmosphère pour atteindre le point d'attraction égale avec une vitesse nulle. Puisque, à ce moment, la vitesse sera nulle, je pose qu'elle égalera zéro, et que x, la distance où se trouve ce point neutre, sera représentée par les neuf dixièmes de d, c'est-à-dire de la distance qui sépare les deux centres.

— J'ai une vague idée que cela doit être ainsi, dit Michel.

— J'aurai donc alors : x égale neuf dixièmes de d, et v égale zéro, et ma formule deviendra... »

Barbicane écrivit rapidement sur le papier :

$$v_o^2 = 2\,gr\left\{1 - \frac{10r}{9\,d} - \frac{1}{81}\left(\frac{10r}{d} - \frac{r}{d-r}\right)\right\}$$

Nicholl lut d'un œil avide.

« C'est cela ! c'est cela! s'écria-t-il.

— Est-ce clair? demanda Barbicane.

— C'est écrit en lettres de feu ! répondit Nicholl.

— Les braves gens! murmurait Michel.

« — As-tu compris, enfin? lui demanda Barbicane.

— Si j'ai compris! s'écria Michel Ardan, mais c'est-à-dire que ma tête en éclate!

— Ainsi, reprit Barbicane, v zéro deux égale deux $g\,r$ multiplié par un, moins dix r sur $9\,d$, moins un quatre-vingt-unième multiplié par dix r sur d moins r sur d moins r.

— Et maintenant, dit Nicholl, pour obtenir la vitesse du boulet au sortir de l'atmosphère, il n'y a plus qu'à calculer. »

Le capitaine, en praticien rompu à toutes les difficultés, se mit à chiffrer avec une rapidité effrayante. Divisions et multiplications s'allongeaient sous ses doigts. Les chiffres grêlaient sa page blanche. Barbicane le suivait du regard, pendant que Michel Ardan comprimait à deux mains une migraine naissante.

« Eh bien? demanda Barbicane, après plusieurs minutes de silence.

— Eh bien, tout calcul fait, répondit Nicholl v zéro, c'est-à-dire la vitesse du projectile au sortir de l'atmosphère, pour atteindre le point d'égale attraction, a dû être de...

— De?... fit Barbicane,

— De onze mille cinquante-et-un mètres, dans la première seconde.

— Hein! fit Barbicane, bondissant. Vous dites?

— Onze mille cinquante-et-un mètres.

— Malédiction! s'écria le président en faisant un geste de désespoir.

— Qu'as-tu? demanda Michel Ardan, très-surpris.

— Ce que j'ai! Mais si à ce moment, la vitesse était déjà diminué d'un tiers par le frottement, la vitesse initiale aurait dû être...

— De seize mille cinq cent soixante-seize mètres! répondit Nicholl.

— Et l'Observatoire de Cambridge qui a déclaré que onze mille mètres suffisaient au départ, et notre boulet qui n'est parti qu'avec cette vitesse!

— Eh bien? demanda Nicholl.

— Eh bien! elle sera insuffisante!

— Bon.

— Nous n'atteindrons pas le point neutre!

— Sacrebleu!

— Nous n'irons même pas à moitié chemin!

— Nom d'un boulet! s'écria Michel Ardan, sautant comme si le projectile fût sur le point de heurter le sphéroïde terrestre.

— Et nous retomberons sur la Terre!»

CHAPITRE V

LES FROIDS DE L'ESPACE

Cette révélation fut un coup de foudre. Qui se serait attendu à pareille erreur de calcul ? Barbicane ne voulait pas y croire. Nicholl revit ses chiffres. Ils étaient exacts. Quant à la formule qui les avait déterminés, on ne pouvait soupçonner sa justesse, et, vérification faite, il fut constant qu'une vitesse initiale de seize mille cinq cent soixante-seize mètres dans la première seconde était nécessaire pour atteindre le point neutre.

Les trois amis se regardèrent silencieusement. De déjeuner, plus question. Barbicane, les dents serrées, les sourcils contractés, les poings fermés convulsivement, observait à travers le hublot. Nicholl s'était croisé les bras, examinant ses calculs. Michel Ardan murmurait :

« Voilà bien ces savants! Ils n'en font jamais d'autres! Je donnerais vingt pistoles pour tomber sur l'Observatoire de Cambridge et l'écraser avec tous les tripoteurs de chiffres qu'il renferme! »

Tout d'un coup, le capitaine fit une réflexion qui alla droit à Barbicane.

« Ah çà! dit-il, il est sept heures du matin. Nous sommes donc partis depuis trente-deux heures. Plus de la moitié de notre trajet est parcourue, et nous ne tombons pas, que je sache! »

Barbicane ne répondit pas. Mais, après un coup d'œil rapide jeté au capitaine, il prit un compas qui lui servait à mesurer la distance angulaire du globe terrestre. Puis, à travers la vitre inférieure, il fit une observation très exacte, vu l'immobilité apparente du projectile. Se relevant alors, essuyant son front où perlaient des gouttes de sueur, il disposa quelques chiffres sur le papier. Nicholl comprenait que le président voulait déduire de la mesure du diamètre terrestre la distance du boulet à la Terre. Il le regardait anxieusement.

« Non! s'écria Barbicane, après quelques instants, non, nous ne tombons pas! Nous sommes déjà à plus de cinquante mille lieues de la Terre! Nous avons dépassé ce point où le projectile aurait dû s'arrêter, si sa vitesse n'eût été que de onze mille mètres au départ! Nous montons toujours!

— C'est évident, répondit Nicholl, et il faut en conclure que notre vitesse initiale, sous la poussée des quatre cent mille livres de fulmicoton, a dépassé les onze mille mètres réclamés. Je m'explique alors que nous ayons rencontré, après treize minutes seulement, le deuxième satellite qui gravite à plus de deux mille lieues de la Terre.

— Et cette explication est d'autant plus probable, ajouta Barbicane, qu'en rejetant l'eau renfermée entre ses cloisons brisantes, le projectile s'est trouvé subitement allégé d'un poids considérable.

— Juste ! fit Nicholl.

— Ah ! mon brave Nicholl, s'écria Barbicane, nous sommes sauvés !

— Eh bien, répondit tranquillement Michel Ardan, puisque nous sommes sauvés, déjeunons. »

En effet, Nicholl ne se trompait pas. La vitesse initiale avait été, très-heureusement, supérieure à la vitesse indiquée par l'Observatoire de Cambridge, mais l'Observatoire de Cambridge ne s'en était pas moins trompé.

Les voyageurs, remis de cette fausse alerte, se mirent à table et déjeunèrent joyeusement. Si l'on mangea beaucoup, on parla plus encore. La confiance était plus grande après qu'avant « l'incident de l'algèbre. »

« Pourquoi ne réussirions-nous pas ? répétait Michel Ardan. Pourquoi n'arriverions-nous pas ? Nous sommes lancés. Pas d'obstacles devant nous. Pas de pierres sur notre chemin. La route est libre, plus libre que celle du navire qui se débat contre la mer, plus libre que celle du ballon qui lutte contre le vent ! Or, si un navire arrive où il veut, si un ballon monte où il lui plaît, pourquoi notre projectile n'atteindrait-il pas le but qu'il a visé ?

— Il l'atteindra, dit Barbicane.

— Ne fût-ce que pour honorer le peuple américain, ajouta Michel Ardan, le seul peuple qui fût capable de mener à bien une telle entreprise, le seul qui pût produire un président Barbicane ! Ah ! j'y pense, maintenant que nous n'avons plus d'inquiétude, qu'allons-nous devenir ? Nous allons nous ennuyer royalement ! »

Barbicane et Nicholl firent un geste de dénégation.

« Mais j'ai prévu le cas, mes amis, reprit Michel Ardan. Vous n'avez qu'à parler. J'ai à votre disposition, échecs, dames, cartes, dominos ! Il ne me manque qu'un billard !

— Quoi, demanda Barbicane, tu as emporté de pareils bibelots ?

— Sans doute, répondit Michel, et non-seulement pour nous distraire, mais aussi dans l'intention louable d'en doter les estaminets sélénites.

— Mon ami, dit Barbicane, si la Lune est
habitée, ses habitants ont apparu quelques milliers d'années avant ceux de la Terre, car on ne
peut douter que cet astre ne soit plus vieux que
le nôtre. Si donc les Sélénites existent depuis des
centaines de mille ans, si leur cerveau est orga-
nisé comme le cerveau humain, ils ont inventé
tout ce que nous avons inventé déjà, et même ce
que nous inventerons dans la suite des siècles. Ils
n'auront rien à apprendre de nous et nous aurons
tout apprendre d'eux.

— Quoi ! répondit Michel, tu penses qu'ils ont
eu des artistes comme Phidias, Michel-Ange ou
Raphaël?

— Oui.

— Des poëtes comme Homère, Virgile, Milton,
Lamartine, Hugo?

— J'en suis sûr.

— Des philosophes comme Platon, Aristote,
Descartes, Kant?

— Je n'en doute pas.

— Des savants comme Archimède, Euclide,
Pascal, Newton?

— Je le jurerais.

— Des comiques comme Arnal et des photographes comme... comme Nadar?

— J'en suis sûr.

— Alors, ami Barbicane, s'ils sont aussi forts que nous, et même plus forts, ces Sélénites, pourquoi n'ont-ils pas tenté de communiquer avec la Terre? Pourquoi n'ont-ils pas lancé un projectile lunaire jusqu'aux régions terrestres?

— Qui te dit qu'ils ne l'ont pas fait? répondit sérieusement Barbicane.

— En effet, ajouta Nicholl, cela leur était plus facile qu'à nous, et pour deux raisons : La première, parce que l'attraction est six fois moindre à la surface de la Lune qu'à la surface de la Terre, ce qui permet à un projectile de s'enlever plus aisément; la seconde, parce qu'il suffisait d'envoyer ce projectile à huit mille lieues seulement au lieu de quatre-vingt mille, ce qui ne demande qu'une force de projection dix fois moins forte.

— Alors, reprit Michel, je répète : Pourquoi ne l'ont-ils pas fait?

— Et moi, répliqua Barbicane, je répète : Qui te dit qu'ils ne l'ont pas fait?

— Quand?

— Il y a des milliers d'années, avant l'apparition de l'homme sur la Terre.

— Et le boulet? Où est le boulet? Je demande à voir le boulet!

— Mon ami, répondit Barbicane, la mer couvre les cinq sixièmes de notre globe. De là, cinq bonnes raisons pour supposer que le projectile lunaire, s'il a été lancé, est maintenant immergé au fond de l'Atlantique ou du Pacifique. A moins qu'il ne se soit enfoui dans quelque crevasse, à l'époque où l'écorce terrestre n'était pas encore suffisamment formée.

— Mon vieux Barbicane, répondit Michel, tu as réponse à tout et je m'incline devant ta sagesse. Toutefois, il est une hypothèse qui me sourrirait mieux que les autres: c'est que les Sélénites, étant plus vieux que nous, sont plus sages et n'ont point inventé la poudre! »

En ce moment, Diane se mêla à la conversation par un aboiement sonore. Elle réclamait son déjeuner.

« Ah! fit Michel Ardan, à discuter ainsi, nous oublions Diane et Satellite! »

Aussitôt, une respectable pâtée fut offerte à la chienne qui la dévora de grand appétit.

« Vois-tu, Barbicane, disait Michel, nous aurions dû faire de ce projectile une seconde arche de Noé et emporter dans la Lune un couple de tous les animaux domestiques!

UNE RESPECTABLE PATÉE... (PAGE 76.)

—Sans doute, répondit Barbicane, mais la place eût manqué.

— Bon ! dit Michel, en se serrant un peu !

— Le fait est, répondit Nicholl, que bœuf, vache, taureau, cheval, tous ces ruminants nous seraient fort utiles sur le continent lunaire. Par malheur, ce wagon ne pouvait devenir ni une écurie ni une étable.

— Mais, au moins, dit Michel Ardan, aurions-nous pu emmener un âne, rien qu'un petit âne, cette courageuse et patiente bête qu'aimait à monter le vieux Silène ! Je les aime ces pauvres ânes ! Ce sont bien les animaux les moins favorisés de la création. Non-seulement on les frappe pendant leur vie, mais on les frappe aussi après leur mort !

— Comment l'entends-tu ? demanda Barbicane.

—Dame! fit Michel, puisqu'on en fait des peaux de tambours ! »

Barbicane et Nicholl ne purent s'empêcher de rire à cette réflexion saugrenue. Mais un cri de leur joyeux compagnon les arrêta. Celui-ci s'était courbé vers la niche de Satellite et se relevait en disant :

« Bon ! Satellite n'est plus malade.

— Ah ! fit Nicholl.

— Non, reprit Michel, il est mort. Voilà, ajouta-t-il d'un ton piteux, voilà qui sera embarrassant! Je crains bien, ma pauvre Diane, que tu ne fasses pas souche dans les régions lunaires! »

En effet, l'infortuné Satellite n'avait pu survivre à sa blessure. Il était mort et bien mort. Michel Ardan, très-décontenancé, regardait ses amis.

« Il se présente une question, dit Barbicane: Nous ne pouvons garder avec nous le cadavre de ce chien pendant quarante-huit heures encore.

— Non, sans doute, répondit Nicholl, mais nos hublots sont fixés par des charnières. Ils peuvent se rabattre. Nous ouvrirons l'un des deux et nous jetterons ce corps dans l'espace. »

Le président réfléchit pendant quelques instants, et dit:

« Oui, il faudra procéder ainsi, mais en prenant les plus minutieuses précautions.

— Pourquoi? demanda Michel.

— Pour deux raisons que tu vas comprendre, répondit Barbicane. La première est relative à l'air renfermé dans le projectile, et dont il ne faut perdre que le moins possible.

— Mais puisque nous le refaisons, cet air!

— En partie seulement. Nous ne refaisons que l'oxygène, mon brave Michel, — et à ce propos, veillons bien à ce que l'appareil ne fournisse

pas cet oxygène en quantité immodérée, car cet
excès amènerait en nous des troubles physiologiques très-graves. Mais si nous refaisons l'oxygène,
nous ne refaisons pas l'azote, ce véhicule que les
poumons n'absorbent pas et qui doit demeurer
intact. Or, cet azote s'échapperait rapidement par
les hublots ouverts.

— Oh! le temps de jeter ce pauvre Satellite, dit
Michel.

— D'accord, mais agissons rapidement.

— Et la seconde raison? demanda Michel.

— La seconde raison, c'est qu'il ne faut pas
laisser les froids extérieurs, qui sont excessifs, pénétrer dans le projectile, sous peine d'être gelés vivants.

— Cependant, le Soleil...

— Le Soleil échauffe notre projectile qui absorbe
ses rayons, mais il n'échauffe pas le vide où nous
flottons en ce moment. Où il n'y a pas d'air, il
n'y a pas plus de chaleur que de lumière diffuse,
et de même qu'il fait noir, il fait froid, là où les
rayons du Soleil n'arrivent pas directement. Cette
température n'est donc autre que la température
produite par le rayonnement stellaire, c'est-à-dire
celle que subirait le globe terrestre si le Soleil
s'éteignait un jour.

— Ce qui n'est pas à craindre, répondit Nicholl.

— Qui sait? dit Michel Ardan. D'ailleurs, en admettant que le Soleil ne s'éteigne pas, ne peut-il arriver que la Terre s'éloigne de lui !

— Bon ! fit Barbicane, voilà Michel avec ses idées !

— Eh! reprit Michel, ne sait-on pas que la Terre a traversé la queue d'une comète en 1861 ? Or , supposons une comète dont l'attraction soit supérieure à l'attraction solaire, l'orbite terrestre se courbera vers l'astre errant, et la Terre, devenue son satellite, sera entraînée à une distance telle que les rayons du Soleil n'auront plus aucune action à sa surface.

— Cela peut se produire, en effet, répondit Barbicane, mais les conséquences d'un pareil déplacement pourraient bien ne pas être aussi redoutables que tu le supposes.

— Et pourquoi?

— Parce que le froid et le chaud s'équilibreraient encore sur notre globe. On a calculé que si la Terre eût été entraînée par la comète de 1861, elle n'aurait pas ressenti, à sa plus grande distance du Soleil, une chaleur seize fois supérieure à celle que nous envoie la Lune, chaleur qui, concentrée au foyer des plus fortes lentilles, ne produit aucun effet appréciable.

— Eh bien? fit Michel.

— Attends un peu, répondit Barbicane. On a calculé aussi, qu'à son périhélie, à sa distance la plus rapprochée du Soleil, la Terre aurait supporté une chaleur égale à vingt-huit mille fois celle de l'été. Mais cette chaleur, capable de vitrifier les matières terrestres et de vaporiser les eaux, eût formé un épais anneau de nuage qui aurait amoindri cette température excessive. De là, compensation entre les froids de l'aphélie et les chaleurs du périhélie, et une moyenne probablement supportable.

— Mais à combien de degrés estime-t-on la température des espaces planétaires? demanda Nicholl.

— Autrefois, répondit Barbicane, on croyait que cette température était excessivement basse. En calculant son décroissement thermométrique, on arrivait à la chiffrer par millions de degrés au-dessous de zéro. C'est Fourrier, un compatriote de Michel, un savant illustre de l'Académie des Sciences, qui a ramené ces nombres à de plus justes estimations. Suivant lui, la température de l'espace ne s'abaisse pas au-dessous de soixante degrés.

— Peuh ! fit Michel.

— C'est à peu près, répondit Barbicane, la température qui fut observée dans les régions polaires, à l'île Melville ou au fort Reliance, soit environ cinquante-six degrés centigrades au-dessous de zéro.

— Il reste à prouver, dit Nicholl, que Fourrier ne s'est pas trompé dans ses évaluations. Si je ne me trompe, un autre savant français, M. Pouillet, estime la température de l'espace à cent soixante degrés au-dessous de zéro. C'est ce que nous vérifierons.

— Pas en ce moment, répondit Barbicane, car les rayons solaires, frappant directement notre thermomètre, nous donneraient, au contraire, une température très-élevée. Mais lorsque nous serons arrivés sur la Lune, pendant les nuits de quinze jours que chacune de ses faces éprouve alternativement, nous aurons le loisir de faire cette expérience, car notre satellite se meut dans le vide.

— Mais qu'entends-tu par le vide? demanda Michel, est-ce le vide absolu?

— C'est le vide absolument privé d'air.

— Et dans lequel l'air n'est remplacé par rien?

— Si. Par l'éther, répondit Barbicane.

— Ah! Et qu'est-ce que l'éther?

— L'éther, mon ami, c'est une agglomération d'atomes impondérables, qui, relativement à leurs dimensions, disent les ouvrages de physique moléculaire, sont aussi éloignés les uns des autres que les corps célestes le sont dans l'espace. Leur dis-

tance, cependant, est inférieure à un trois millio-
nième de millimètre. Ce sont ces atomes qui, par
leur mouvement vibratoire, produisent la lumière
et la chaleur, en faisant par seconde quatre cent
trente trillions d'ondulations, n'ayant que quatre
à six dix-millièmes de millimètre d'amplitude.

— Milliards de milliards! s'écria Michel Ardan,
on les a donc mesurées et comptées, ces oscilla-
tions! Tout cela, ami Barbicane, ce sont des
chiffres de savants qui épouvantent l'oreille et ne
disent rien à l'esprit.

— Il faut pourtant bien chiffrer...

— Non. Il vaut mieux comparer. Un trillion ne
signifie rien. Un objet de comparaison dit tout.
Exemple : Quand tu m'auras répété que le volume
d'Uranus est soixante-seize fois plus gros que celui
de la Terre, le volume de Saturne neuf cents fois
plus gros, le volume de Jupiter treize cents fois plus
gros, le volume du Soleil treize cent mille fois plus
gros, je n'en serai pas beaucoup plus avancé. Aussi,
je préfère, et de beaucoup, ces vieilles comparai-
sons du *Double Liégeois* qui vous dit tout bête-
ment : Le Soleil, c'est une citrouille de deux pieds de
diamètre, Jupiter, une orange, Saturne, une pomme
d'apis, Neptune, une guigne, Uranus, une grosse
cerise, la Terre, un pois, Vénus, un petit pois,
Mars, une grosse tête d'épingle, Mercure, un grain

de moutarde, et Junon, Cérès, Vesta et Pallas, de simples grains de sable! On sait au moins à quoi s'en tenir! »

Après cette sortie de Michel Ardan contre les savants et ces trillions qu'ils alignent sans sourciller, l'on procéda à l'ensevelissement de Satellite. Il s'agissait simplement de le jeter dans l'espace, de la même manière que les marins jettent un cadavre à la mer.

Mais, ainsi que l'avait recommandé le président Barbicane, il fallut opérer vivement, de façon à perdre le moins possible de cet air que son élasticité aurait rapidement épanché dans le vide. Les boulons du hublot de droite, dont l'ouverture mesurait environ trente centimètres, furent dévissés avec soin, tandis que Michel, tout contrit, se préparait à lancer son chien dans l'espace. La vitre manœuvrée par un puissant levier qui permettait de vaincre la pression de l'air intérieur sur les parois du projectile, tourna rapidement sur ses charnières, et Satellite fut projeté au dehors. C'est à peine si quelques molécules d'air s'échappèrent, et l'opération réussit si bien que, plus tard, Barbicane ne craignit pas de se débarrasser ainsi des débris inutiles qui encombraient leur wagon.

CHAPITRE VI

DEMANDES ET RÉPONSES

Le 4 décembre, les chronomètres marquaient cinq heures du matin terrestre, quand les voyageurs se réveillèrent, après cinquante-quatre heures de voyage. Comme temps, ils n'avaient dépassé que de cinq heures quarante minutes la moitié de la durée assignée à leur séjour dans le projectile ; mais, comme trajet, ils avaient déjà accompli près des sept dixièmes de la traversée. Cette particularité était due à la décroissance régulière de leur vitesse.

Lorsqu'ils observèrent la Terre par la vitre inférieure, elle ne leur apparut plus que comme une tache sombre, noyée dans les rayons solaires. Plus de croissant, plus de lumière cendrée. Le lendemain, à minuit, la Terre devait être nouvelle, au moment précis où la Lune serait pleine. Au-dessus,

l'astre des nuits se rapprochait de plus en plus de
la ligne suivie par le projectile, de manière à se
rencontrer avec lui à l'heure indiquée. Tout autour,
la voûte noire était constellée de points brillants
qui semblaient se déplacer avec lenteur. Mais à la
distance considérable où ils se trouvaient, leur
grosseur relative ne paraissait pas s'être modifiée.
Le Soleil et les étoiles apparaissaient exactement
tels qu'on les voit de la Terre. Quant à la Lune,
elle avait considérablement grossi; mais les lunettes des voyageurs, peu puissantes en somme,
ne permettaient pas encore de faire d'utiles observations à sa surface, et d'en reconnaître les dispositions topographiques ou géologiques.

Aussi, le temps s'écoulait-il en conversations
interminables. On causait de la Lune surtout.
Chacun apportait son contingent de connaissances
particulières. Barbicane et Nicholl, toujours sérieux, Michel Ardan, toujours fantaisiste. Le projectile, sa situation, sa direction, les incidents qui
pouvaient survenir, les précautions que nécessite-
rait sa chute sur la Lune, c'était-là matière inépui-
sable à conjectures.

Précisément, en déjeunant, une demande de
Michel, relative au projectile, provoqua une assez
curieuse réponse de Barbicane et digne d'être
rapportée.

Michel, supposant le boulet brusquement arrêté, lorsqu'il était encore animé de sa formidable vitesse initiale, voulut savoir quelles auraient été les conséquences de cet arrêt.

« Mais, répondit Barbicane, je ne vois pas comment le projectile aurait pu être arrêté.

— Supposons-le, répondit Michel.

— Supposition irréalisable, répliqua le pratique Barbicane. A moins que la force d'impulsion lui eût fait défaut. Mais alors, sa vitesse aurait décru peu à peu, et il ne se fût pas brusquement arrêté.

— Admets qu'il ait heurté un corps dans l'espace.

— Lequel?

— Ce bolide énorme que nous avons rencontré.

— Alors, dit Nicholl, le projectile eût été brisé en mille pièces, et nous avec.

— Mieux que cela, répondit Barbicane, nous aurions été brûlés vifs.

— Brûlés! s'écria Michel. Pardieu! je regrette que le cas ne se soit pas présenté « pour voir. »

— Et tu aurais vu, répondit Barbicane. On sait maintenant que la chaleur n'est qu'une modification du mouvement. Quand on fait chauffer de l'eau, c'est-à-dire, quand on lui ajoute de la chaleur, cela veut dire que l'on donne du mouvement à ses molécules.

— Tiens ! fit Michel, voilà une théorie ingénieuse !

— Et juste, mon digne ami, car elle explique
tous les phénomènes du calorique. La chaleur
n'est qu'un mouvement moléculaire, une simple
oscillation des particules d'un corps. Lorsqu'on
serre le trein d'un train, le train s'arrête. Mais que
devient le mouvement dont il était animé ? Il se
transforme en chaleur et le frein s'échauffe.
Pourquoi graisse-t-on l'essieu des roues ? Pour
l'empêcher de s'échauffer, attendu que cette chaleur, ce serait du mouvement perdu par transfor-
mation. Comprends-tu ?

— Si je comprends ! répondit Michel, admi-
rablement. Ainsi, par exemple, quand j'ai couru
longtemps, que je suis en nage, que je sue à gros-
ses gouttes, pourquoi suis-je forcé de m'arrêter ?
Tout simplement, parce que mon mouvement
s'est transformé en chaleur ! »

Barbicane ne put s'empêcher de sourire à cette
repartie de Michel. Puis, reprenant sa théorie :

« Ainsi donc, dit-il, dans le cas d'un choc il en
eût été de notre projectile comme de la balle qui
tombe brûlante après avoir frappé la plaque de
métal. C'est son mouvement qui s'est changé en
chaleur. En conséquence, j'affirme que si notre
boulet avait heurté le bolide, sa vitesse, brusque-

ment anéantie, eût déterminé une chaleur capable
de le volatiser instantanément.

— Alors, demanda Nicholl, qu'arriverait-il
donc si la Terre s'arrêtait subitement dans son
mouvement de translation?

— Sa température serait portée à un tel point,
répondit Barbicane, qu'elle serait immédiatement
réduite en vapeurs.

— Bon, fit Michel, voilà un moyen de finir le
monde qui simplifierait bien les choses.

— Et si la Terre tombait sur le Soleil? dit Nicholl.

— D'après les calculs, répondit Barbicane, cette
chute développerait une chaleur égale à la chaleur
produite par seize cents globes de charbon égaux
en volume au globe terrestre.

— Bon surcroît de température pour le Soleil, répliqua Michel Ardan, et dont les habitants d'Uranus ou de Neptune, ne se plaindraient sans doute
pas, car ils doivent mourir de froid sur leur planète.

— Ainsi donc, mes amis, reprit Barbicane, tout
mouvement brusquement arrêté produit de la chaleur. Et cette théorie a permis d'admettre que la
chaleur du disque solaire est alimentée par une
grêle de bolides qui tombe incessamment à sa surface. On a même calculé...

— Défions-nous, murmura Michel, voilà les chiffres qui s'avancent.

—On a même calculé, reprit imperturbablement Barbicane, que le choc de chaque bolide sur le Soleil doit produire une chaleur égale à celle de quatre mille masses de houille d'un volume égal.

— Et quelle est la chaleur solaire? demanda Michel.

— Elle est égale à celle que produirait la combustion d'une couche de charbon qui entourerait le Soleil sur une épaisseur de vingt-sept kilomètres.

— Et cette chaleur?...

—Serait capable de faire bouillir par heure deux milliards neuf cent millions de myriamètres cubes d'eau.

— Et elle ne nous rôtit pas? s'écria Michel.

— Non, répondit Barbicane, parce que l'atmosphère terrestre absorbe les quatre dixièmes de la chaleur solaire. D'ailleurs, la quantité de chaleur interceptée par la Terre n'est qu'un deux milliardième du rayonnement total.

— Je vois bien que tout est pour le mieux, répliqua Michel, et que cette atmosphère est une utile invention, car non-seulement elle nous permet de respirer, mais encore elle nous empêche de cuire.

— Oui, dit Nicholl, et, malheureusement, il n'en sera pas de même dans la Lune.

—Bah ! fit Michel, toujours confiant. S'il y a des habitants, ils respirent. S'il n'y en a plus, ils auront bien laissé assez d'oxygène pour trois personnes, ne fût-ce que dans le fond des ravins où sa pesanteur l'aura accumulé ! Eh bien ! nous ne grimperons pas sur les montagnes ! Voilà tout. »

Et Michel, se levant, alla considérer le disque lunaire qui brillait d'un insoutenable éclat.

« Sapristi ! dit-il, qu'il doit faire chaud là-dessus.

— Sans compter, répondit Nicholl, que le jour y dure trois cent soixante heures !

— Par compensation, dit Barbicane, les nuits y ont la même durée, et comme la chaleur est restituée par rayonnement, leur température ne doit être que celle des espaces planétaires.

— Un joli pays ! dit Michel. N'importe ! Je voudrais déjà y être ! Hein ! mes chers camarades, sera-ce assez curieux d'avoir la Terre pour Lune, de la voir se lever à l'horizon, d'y reconnaître la configuration de ses continents, de se dire : là est l'Amérique, là est l'Europe ; puis de la suivre lorsqu'elle va se perdre dans les rayons du Soleil ! A propos, Barbicane, y a-t-il des éclipses pour les Sélénites ?

7

— Oui, des éclipses de Soleil, répondit Barbicane, lorsque les centres des trois astres se trouvent
sur la même ligne, la Terre étant au milieu. Mais
ce sont seulement des éclipses annulaires, pendant
lesquelles la Terre, projetée comme un écran sur le
disque solaire, en laisse apercevoir la plus grande
partie.

— Et pourquoi, demanda Nicholl, n'y a-t-il
point d'éclipse totale? Est-ce que le cône d'ombre
projeté par la Terre ne s'étend pas au-delà de la
Lune?

— Oui, si l'on ne tient pas compte de la réfraction produite par l'atmosphère terrestre. Non, si
l'on tient compte de cette réfraction. Ainsi, soit
delta prime la parallaxe horizontale, et p prime le
demi diamètre apparent...

— Ouf! fit Michel, un demi de v zéro carré...!
Parle donc pour tout le monde, homme algébrique!

— Eh bien, en langue vulgaire, répondit Barbicane, la distance moyenne de la Lune à la Terre étant
de soixante rayons terrestres, la longueur du cône
d'ombre, par suite de la réfraction, se réduit à
moins de quarante-deux rayons. Il en résulte
donc que lors des éclipses, la Lune se trouve au-
delà du cône d'ombre pure, et que le Soleil lui envoie non-seulement les rayons de ses bords, mais
aussi les rayons de son centre.

— Alors, dit Michel d'un ton goguenard, pourquoi y a-t-il éclipse, puisqu'il ne doit pas y en avoir?

— Uniquement, parce que ces rayons solaires sont affaiblis par cette réfraction, et que l'atmosphère qu'ils traversent en éteint le plus grand nombre!

— Cette raison me satisfait, répondit Michel. D'ailleurs, nous verrons bien, quand nous y serons.

— Maintenant, dis-moi, Barbicane, crois-tu que la Lune soit une ancienne comète?

— En voilà, une idée!

— Oui, répliqua Michel avec une aimable fatuité, j'ai quelques idées de ce genre.

— Mais elle n'est pas de Michel, cette idée, répondit Nicholl.

— Bon! je ne suis donc qu'un plagiaire!

— Sans doute, répondit Nicholl. D'après le témoignage des anciens, les Arcadiens prétendent que leurs ancêtres ont habité la Terre, avant que la Lune ne fût devenue son satellite. Partant de ce fait, certains savants ont vu dans la Lune une comète, que son orbite amena un jour assez près de la Terre pour qu'elle fût retenue par l'attraction terrestre.

— Et qu'y a-t-il de vrai dans cette hypothèse? demanda Michel.

— Rien, répondit Barbicane, et la preuve, c'est que la Lune n'a pas conservé trace de cette enveloppe gazeuse qui accompagne toujours les comètes.

— Mais, reprit Nicholl, la Lune, avant de devenir le satellite de la Terre, n'aurait-elle pu, dans son périhélie, passer assez près du Soleil pour y laisser par évaporation toutes ces substances gazeuses?

— Cela se peut, ami Nicholl, mais cela n'est pas probable.

— Pourquoi?

— Parce que... Ma foi, je n'en sais rien.

— Ah! quelles centaines de volumes, s'écria Michel, on pourrait faire avec tout ce qu'on ne sait pas!

— Ah çà! quelle heure est-il?

— Trois heures, répondit Nicholl.

— Comme le temps passe, dit Michel, dans la conversation de savants tels que nous! Décidément, je sens que je m'instruis trop! Je sens que je deviens un puits! »

Ce disant, Michel se hissa jusqu'à la voûte du projectile, « pour mieux observer la Lune, » prétendait-il. Pendant ce temps, ses compagnons considéraient l'espace à travers la vitre inférieure. Rien de nouveau à signaler.

Lorsque Michel Ardan fut redescendu, il s'ap-

procha du hublot latéral, et, soudain, il laissa
échapper une exclamation de surprise.

« Qu'est-ce donc? » demanda Barbicane.

Le président s'approcha de la vitre, et aperçut
une sorte de sac applati qui flottait extérieurement
à quelques mètres du projectile. Cet objet semblait
immobile comme le boulet, et, par conséquent, il
était animé du même mouvement ascensionnel que
lui.

« Qu'est-ce que cette machine-là? répétait Michel Ardan. Est-ce un des corpuscules de l'espace,
que notre projectile retient dans son rayon d'attraction, et qui va l'accompagner jusqu'à la Lune?

— Ce qui m'étonne, répondit Nicholl, c'est que
la pesanteur spécifique de ce corps, qui est très-
certainement inférieure à celle du boulet, lui per-
mette de se maintenir aussi rigoureusement à
son niveau!

— Nicholl, répondit Barbicane, après un moment de réflexion, je ne sais pas quel est cet objet,
mais je sais parfaitement pourquoi il se maintient
par le travers du projectile.

— Et pourquoi?

— Parce que nous flottons dans le vide, mon
cher capitaine, et que dans le vide, les corps tombent ou se meuvent, — ce qui est la même chose, —
avec une vitesse égale. quelle que soit leur pe-

santeur ou leur forme. C'est l'air qui, par sa résistance, crée des différences de poids. Quand vous faites pneumatiquement le vide dans un tube, les objets que vous y projetez, grains de poussière ou grains de plomb, y tombent avec la même rapidité. Ici, dans l'espace, même cause et même effet.

— Très-juste, dit Nicholl, et tout ce que nous lancerons au dehors du projectile, ne cessera de l'accompagner dans son voyage jusqu'à la Lune.

— Ah! bêtes que nous sommes! s'écria Michel.

— Pourquoi cette qualification? demanda Barbicane.

— Parce que nous aurions dû remplir le projectile d'objets utiles, livres, instruments, outils, etc. Nous aurions tout jeté, et « tout » nous aurait suivi à la traîne! Mais j'y pense. Pourquoi ne nous promenons-nous pas au dehors, comme ce bolide? Pourquoi ne nous lançons-nous pas dans l'espace par le hublot? Quelle jouissance ce serait de se sentir ainsi suspendu dans l'éther, plus favorisé que l'oiseau qui doit toujours battre de l'aile pour se soutenir!

— D'accord, dit Barbicane, mais comment respirer?

— Maudit air qui manque si mal à propos!

— Mais s'il ne manquait pas, Michel, ta densité

étant inférieure à celle du projectile, tu resterais
bien vite en arrière.

— Alors, c'est un cercle vicieux?

— Tout ce qu'il y a de plus vicieux.

— Et il faut rester emprisonné dans son wagon?

— Il le faut.

— Ah! s'écria Michel d'une voix formidable.

— Qu'as-tu? demanda Nicholl.

— Je sais, je devine ce que c'est que ce prétendu
bolide! Ce n'est point un astéroïde! Ce n'est point
un morceau de planète éclatée!

— Qu'est-ce donc? demanda Barbicane.

— C'est notre infortuné chien! C'est le mari de
Diane! »

En effet, cet objet déformé, méconnaissable,
réduit à rien, c'était le cadavre de Satellite, applati
comme une cornemuse dégonflée, et qui montait,
montait toujours!

CHAPITRE VII

UN MOMENT D'IVRESSE

Ainsi donc, un phénomène curieux, mais logique, bizarre, mais explicable, se produisait dans ces singulières conditions. Tout objet lancé au dehors du projectile devait suivre la même trajectoire et ne s'arrêter qu'avec lui. Il y eut là un texte de conversation que la soirée ne put épuiser. L'émotion des trois voyageurs s'accroissait, d'ailleurs, à mesure que s'approchait le terme de leur voyage. Ils s'attendaient à l'imprévu, à des phénomènes nouveaux, et rien ne les eût étonnés dans la disposition d'esprit où ils se trouvaient. Leur imagination surexcitée devançait ce projectile, dont la vitesse diminuait notablement sans qu'ils en eussent le sentiment. Mais la Lune grandissait à leurs yeux, et ils croyaient déjà qu'il leur suffisait d'étendre la main pour la saisir.

Le lendemain, 5 novembre, dès cinq heures du matin, tout trois étaient sur pied. Ce jour-là devait être le dernier de leur voyage, si les calculs étaient exacts. Le soir même, à minuit, dans dix-huit heures, au moment précis de la Pleine-Lune, ils atteindraient son disque resplendissant. Le prochain minuit verrait s'achever ce voyage, le plus extraordinaire des temps anciens et modernes. Aussi dès le matin, à travers les hublots argentés par ses rayons, ils saluèrent l'astre des nuits d'un confiant et joyeux hurrah.

La Lune s'avançait majestueusement sur le firmament étoilé. Encore quelques degrés, et elle atteindrait le point précis de l'espace où devait s'opérer sa rencontre avec le projectile. D'après ses propres observations, Barbicane calcula qu'il l'accosterait par son hémisphère nord, là où s'étendent d'immenses plaines, où les montagnes sont rares. Circonstance favorable, si l'atmosphère lunaire, comme on le pensait, était emmagasinée dans les fonds seulement.

« D'ailleurs, fit observer Michel Ardan, une plaine est plutôt un lieu de débarquement qu'une montagne. Un Sélénite que l'on déposerait en Europe sur le sommet du mont Blanc, ou en Asie sur le pic de l'Himalaya, ne serait pas précisément arrivé !

— De plus, ajouta le capitaine Nicholl, sur un terrain plat, le projectile demeurera immobile dès qu'il l'aura touché. Sur une pente, au contraire, il roulerait comme une avalanche, et n'étant point écureuils, nous n'en sortirions pas sains et saufs. Donc, tout est pour le mieux. »

En effet, le succès de l'audacieuse tentative ne paraissait plus douteux. Cependant, une réflexion préoccupait Barbicane ; mais, ne voulant pas inquiéter ses deux compagnons, il garda le silence à ce sujet.

En effet, la direction du projectile vers l'hémisphère nord de la Lune prouvait que sa trajectoire avait été légèrement modifiée. Le tir, mathématiquement calculé, devait porter le boulet au centre même du disque lunaire. S'il n'y arrivait pas, c'est qu'il y avait eu déviation. Qui l'avait produite ? Barbicane ne pouvait l'imaginer, ni déterminer l'importance de cette déviation, car les points de repère manquaient. Il espérait pourtant qu'elle n'aurait d'autre résultat que de le ramener vers le bord supérieur de la Lune, région plus propice à l'attérage.

Barbicane se contenta donc, sans communiquer ses inquiétudes à ses amis, d'observer fréquemment la Lune, cherchant à voir si la direction du projectile ne se modifierait pas. Car la situation eût été terrible si le boulet, manquant son but et entraîné au-delà du disque, se fût élancé dans les espaces interplanétaires.

En ce moment, la Lune, au lieu d'apparaître plate comme un disque, laissait déjà sentir sa convexité. Si le Soleil l'eût obliquement frappée de ses rayons, l'ombre portée aurait fait valoir les hautes montagnes qui se seraient nettement détachées. Le regard aurait pu s'enfoncer dans l'abîme béant des cratères, et suivre les capricieuses rainures qui zèbrent l'immensité des plaines. Mais tout relief se nivelait encore dans un resplendissement intense. On distinguait à peine ces larges taches qui donnent à la Lune l'apparence d'une figure humaine.

« Figure, soit, disait Michel Ardan, mais, j'en suis fâché pour l'aimable sœur d'Apollon, figure grêlée ! »

Cependant, les voyageurs, si rapprochés de leur but, ne cessaient plus d'observer ce monde nouveau. Leur imagination les promenait à travers ces contrées inconnues. Ils gravissaient les pics élevés. Ils descendaient au fond des larges cirques. Çà et là, ils croyaient voir de vastes mers à peine contenues sous une atmosphère raréfiée, et des cours d'eau qui leur versaient le tribut des montagnes. Penchés sur l'abîme, ils espéraient sur-

prendre les bruits de cet astre, éternellement muet
dans les solitudes du vide.

Cette dernière journée leur laissa des souvenir
palpitants. Ils en notèrent les moindres détails.
Une vague inquiétude les prenait à mesure qu'ils
s'approchaient du terme. Cette inquiétude eût
encore redoublé s'ils avaient senti combien leur
vitesse était médiocre. Elle leur eût paru bien insuffisante pour les conduire jusqu'au but. C'est
qu'alors le projectile ne « pesait » presque plus.
Son poids décroissait incessamment et devait entièrement s'annihiler sur cette ligne où les attractions lunaires et terrestres se neutralisant, provo-
queraient de si surprenants effets.

Cependant, en dépit de ses préoccupations, Michel Ardan n'oublia pas de préparer le repas du
matin avec sa pontualité habituelle. On mangea
de grand appétit. Rien d'excellent comme ce bouillon liquéfié à la chaleur du gaz. Rien de meilleur
que ces viandes conservées. Quelques verres de
bon vin de France couronnèrent ce repas. Et à ce
propos, Michel Ardan fit remarquer que les vi-
gnobles lunaires, chauffés par cet ardent soleil,
devaient distiller les vins les plus généreux,—s'ils
existaient toutefois. En tout cas, le prévoyant
Français n'avait eu garde d'oublier dans son pa-
quet quelques précieux ceps du Médoc et de la

Côte-d'Or, sur lesquels il comptait particulièrement.

L'appareil Reiset et Regnault fonctionnait toujours avec une extrême précision. L'air se maintenait dans un état de pureté parfaite. Nulle mo-
lécule d'acide carbonique ne résistait à la potasse,
et quant à l'oxygène, disait le capitaine Nicholl,
«il était certainement de première qualité.» Le peu
de vapeur d'eau renfermé dans le projectile se mê-
lait à cet air dont il tempérait la sécheresse, et
bien des appartements de Paris, de Londres ou
de New-York, bien des salles de théâtre ne se
trouvent certainement pas dans des conditions
aussi hygiéniques.

Mais, pour fonctionner régulièrement, il fallait
que cet appareil fût tenu en parfait état. Aussi,
chaque matin, Michel visitait les régulateurs
d'écoulement, essayait les robinets, et réglait au
pyromètre la chaleur du gaz. Tout marchait bien
jusqu'alors, et les voyageurs, imitant le digne
J.-T. Maston, commençaient à prendre un em-
bonpoint qui les eût rendus méconnaissables, si
leur emprisonnement se fût prolongé pendant
quelques mois. Ils se comportaient, en un mot,
comme se comportent des poulets en cage. Ils
engraissaient.

En regardant à travers les hublots, Barbicane

vit le spectre du chien et les divers objets lancés
hors du projectile qui l'accompagnaient obstinément. Diane hurlait mélancoliquement en aperce-
vant les restes de Satellite. Ces épaves semblaient
aussi immobiles que si elles eussent reposé sur un
terrain solide.

« Savez-vous, mes amis, disait Michel Ardan,
que si l'un de nous eût succombé au contre-coup
du départ, nous aurions été fort gênés pour l'en-
terrer, que dis-je, pour l' « éthérer, » puisque ici
l'éther remplace la Terre ! Voyez-vous ce cadavre
accusateur qui nous aurait suivi dans l'espace
comme un remords !

— C'eût été triste, dit Nicholl.

— Ah ! reprit Michel, ce que je regrette,
c'est de ne pouvoir faire une promenade à l'extérieur. Quelle volupté de flotter au milieu de
ce radieux éther, de se baigner, de se rouler
dans ces purs rayons de soleil! Si Barbicane avait
seulement pensé à se munir d'un appareil de scaphandre et d'une pompe à air, je me serais aven-
turé au dehors, et j'aurais pris des attitudes de
chimère et d'hippogryphe sur le sommet du projectile.

— Eh bien, mon vieux Michel, répondit Barbicane, tu n'aurais pas fait longtemps l'hippogryphe,
car, malgré ton habit de scaphandre, gonflé sous

l'expansion de l'air contenu en toi, tu aurais
éclaté comme un obus, ou plutôt comme un ballon
qui s'élève trop haut dans l'air. Donc ne regrette
rien, et n'oublie pas ceci : Tant que nous flotte-
rons dans le vide, il faut t'interdire toute promenade sentimentale hors du projectile! »

Michel Ardan se laissa convaincre dans une
certaine mesure. Il convint que la chose était difficile, mais non pas « impossible, » mot qu'il ne
prononçait jamais.

La conversation, de ce sujet, passa à un autre,
et ne languit pas un instant. Il semblait aux trois
amis que dans ces conditions les idées leur pous-
saient au cerveau comme les feuilles poussent aux
premières chaleurs du printemps. Ils se sentaient
touffus.

Au milieu des demandes et des réponses qui se
croisèrent pendant cette matinée, Nicholl posa
une certaine question qui ne trouva pas une solution immédiate.

« Ah ça! dit-il, c'est très-bien d'aller dans la
Lune, mais comment en reviendrons-nous? »

Ses deux interlocuteurs se regardèrent d'un air
surpris. On eût dit que cette éventualité se formu-
lait pour la première fois devant eux.

« Qu'entendez-vous par-là, Nicholl, demanda
gravement Barbicane.

— Demander à revenir d'un pays, ajouta Michel, quand on n'y est pas encore arrivé, me paraît inopportun.

— Je ne dis pas cela pour reculer, répliqua Nicholl, mais je réitère ma question, et je demande : Comment reviendrons-nous ?

— Je n'en sais rien, répondit Barbicane.

— Et moi, dit Michel, si j'avais su comment en revenir, je n'y serais point allé.

— Voilà répondre, s'écria Nicholl.

— J'approuve les paroles de Michel, et j'ajouterai que la question n'a aucun intérêt actuel. Plus tard, quand nous jugerons convenable de revenir, nous aviserons. Si la Columbiad n'est plus là, le projectile y sera toujours.

— Belle avance ! Une balle sans fusil !

— Le fusil, répondit Barbicane, on peut le fabriquer. La poudre, on peut la faire ! Ni les métaux, ni le salpêtre, ni le charbon ne doivent manquer aux entrailles de la Lune. D'ailleurs, pour revenir, il ne faut vaincre que l'attraction lunaire, et il suffit d'aller à huit mille lieues pour retomber sur le globe terrestre en vertu des seules lois de la pesanteur.

— Assez, dit Michel en s'animant. Qu'il ne soit plus question de retour ! Nous en avons déjà trop parlé. Quant à communiquer avec nos anciens collègues de la Terre, cela ne sera pas difficile.

— Et comment?

— Au moyen de bolides lancés par les volcans lunaires.

— Bien trouvé, Michel, répondit Barbicane d'un ton convaincu. Laplace a calculé qu'une force cinq fois supérieure à celle de nos canons suffirait à envoyer un bolide de la Lune à la Terre. Or, il n'est pas de volcan qui n'ait une puissance de propulsion supérieure.

—Hurrah! cria Michel. Voilà des facteurs commodes que ces bolides, et qui ne coûteront rien! Et comme nous rirons de l'administration des postes! Mais, j'y pense…

— Que penses-tu?

— Une idée superbe! Pourquoi n'avons-nous pas accroché un fil à notre boulet? Nous aurions échangé des télégrammes avec la Terre!

—Mille diables! riposta Nicholl. Et le poids d'un fil long de quatre-vingt-six mille lieues, ne le comptes-tu pour rien?

— Pour rien! On aurait triplé la charge de la Columbiad! On l'aurait quadruplée, quintuplée! s'écria Michel, dont le verbe prenait des intonations de plus en plus violentes.

— Il n'y a qu'une petite objection à faire à ton projet, répondit Barbicane. C'est que pendant le

8

mouvement de rotation du globe, notre fil se serait enroulé autour de lui comme une chaîne sur
un cabestan, et qu'il nous aurait inévitablement
ramenés à terre.

— Par les trente-neuf étoiles de l'Union ! dit
Michel, je n'ai donc que des idées impraticables
aujourd'hui !, des idées dignes de J.-T. Maston !
Mais, j'y songe, si nous ne revenons pas sur la
Terre, J.-T. Maston est capable de venir nous re-
trouver !

— Oui ! il viendra, répliqua Barbicane, c'est un
digne et courageux camarade. D'ailleurs, quoi de
plus aisé ? La Columbiad n'est-elle pas toujours
creusée dans le sol floridien ? Le coton et l'acide
azotique manquent-ils pour fabriquer du py-
roxyle ? La Lune ne repassera-t-elle pas au zénith
de la Floride ? Dans dix-huit ans n'occupera-t-elle
pas exactement la place qu'elle occupe aujour-
d'hui ?

— Oui, répéta Michel, oui, Maston viendra, et
avec lui nos amis Elphiston, Blomsberry, tous
les membres du Gun-Club, et ils seront bien reçus ! Et plus tard, on établira des trains de pro-
jectiles entre la Terre et la Lune ! Hurrah pour
J.-T. Maston ! »

Il est probable que, si l'honorable J.-T Maston
n'entendit pas les hurrahs poussés en son honneur,

du moins les oreilles lui tintèrent. Que faisait-il
alors ? Sans doute, posté dans les Montagnes-Rocheuses, à la station de Long's-Peak, il cherchait
à découvrir l'invisible boulet gravitant dans l'espace. S'il pensait à ses chers compagnons, il faut
convenir que ceux-ci n'étaient pas en reste avec
lui, et que, sous l'influence d'une exaltation singulière, ils lui consacraient leurs meilleures pensées.

Mais, d'où venait cette animation qui grandissait visiblement chez les hôtes du projectile ? Leur
sobriété ne pouvait être mise en doute. Cet étrange
éréthisme du cerveau, fallait-il l'attribuer aux
circonstances exceptionnelles où ils se trouvaient,
à cette proximité de l'astre des nuits dont quelques heures les séparaient seulement, à quelque
influence secrète de la Lune qui agissait sur le
système nerveux ? Leur figure rougissait comme
si elle eût été exposée à la réverbération d'un
four ; leur respiration s'activait, et leurs poumons jouaient comme un soufflet de forge ;
leurs yeux brillaient d'une flamme extraordinaire ;
leur voix détonait avec des accents formidables ;
leurs paroles s'échappaient comme un bouchon de
champagne chassé par l'acide carbonique ; leur
gestes devenaient inquiétants, tant il fallait d'espace pour les développer. Et, détail remarquable,

ils ne s'apercevaient aucunement de cette excessive tension de leur esprit.

« Maintenant, dit Nicholl d'un ton bref, maintenant que je ne sais pas si nous reviendrons de
la Lune, je veux savoir ce que nous y allons faire.

— Ce que nous y allons faire! répondit Barbicane, frappant du pied comme s'il eût été dans une
salle d'armes, je n'en sais rien!

— Tu n'en sais rien! s'écria Michel avec un hurlement qui provoqua dans le projectile un reten-
tissement sonore.

— Non, je ne m'en doute même pas! riposta
Barbicane, se mettant à l'unisson de son inter-
locuteur.

— Eh bien! je le sais, moi, répondit Michel.

— Parle donc, alors, cria Nicholl, qui ne pouvait plus contenir les grondements de sa voix.

— Je parlerai si cela me convient, s'écria Michel, en saisissant violemment le bras de son compagnon.

— Il faut que cela te convienne, dit Barbicane,
l'œil en feu, la main menaçante. C'est toi qui nous
a entraînés dans ce voyage formidable, et nous
voulons savoir pourquoi!

— Oui! fit le capitaine, maintenant que je ne
sais pas où je vais, je veux savoir pourquoi j'y
vais!

— Pourquoi? s'écria Michel, bondissant à la hauteur d'un mètre, pourquoi? Pour prendre possession de la Lune au nom des États-Unis! Pour ajouter un quarantième État à l'Union! Pour coloniser les régions lunaires, pour les cultiver, pour les peupler, pour y transporter tous les prodiges de l'art, de la science et de l'industrie! Pour civiliser les Sélénites, à moins qu'ils ne soient plus civilisés que nous, et les constituer en république, s'ils n'y sont déjà!

— Et s'il y a des Sélénites! riposta Nicholl, qui sous l'empire de cette inexplicable ivresse, devenait très-contrariant.

— Qui dit qu'il n'y a pas de Sélénites? s'écria Michel d'un ton menaçant.

— Moi! hurla Nicholl.

— Capitaine, dit Michel, ne répète pas cette insolence, ou je te l'enfonce dans la gorge à travers les dents! »

Les deux adversaires allaient se précipiter l'un sur l'autre, et cette incohérente discussion menaçait de dégénérer en bataille, quand Barbicane intervint par un bond formidable.

« Arrêtez, malheureux, dit-il, en mettant ses deux compagnons dos à dos, s'il n'y a pas de Sélénites, on s'en passera!

— Oui, s'exclama Michel, qui n'y tenait pas au-

trement, on s'en passera. Nous n'avons que faire
des Sélénites! A bas les Sélénites!

— A nous l'empire de la Lune, dit Nicholl.

— A nous trois, constituons la république!

— Je serai le congrès, cria Michel.

— Et moi le sénat, riposta Nicholl.

— Et Barbicane le président, hurla Michel.

— Pas de président nommé par la nation! répondit Barbicane.

— Eh bien! un président nommé par le congrès,
s'écria Michel, et comme je suis le congrès, je te
nomme à l'unanimité!

— Hurrah! Hurrah! Hurrah pour le président
Barbicane! cria Nicholl.

— Hip! hip! hip! » vociféra Michel Ardan.

Puis, le président et le sénat entonnèrent d'une
voix terrible le populaire *Yankee Doodle*, tandis
que le congrès faisait retentir les mâles accents de
la *Marseillaise*.

Alors commença une ronde échevelée avec
gestes insensés, trépignements de fous, culbutes
de clowns désossés. Diane, se mêlant à cette danse,
hurlant à son tour, sauta jusqu'à la voûte du projectile. On entendit d'inexplicables battements
d'ailes, des cris de coq d'une sonorité bizarre!
Cinq ou six poules volèrent, en se frappant aux
parois comme des chauves-souris folles...

Puis, les trois compagnons de voyage, dont les poumons se désorganisaient sous une incompréhensible influence, plus qu'ivres, brûlés par l'air qui incendiait leur appareil respiratoire, tombèrent sans mouvement sur le fond du projectile.

CHAPITRE VIII

A SOIXANTE-DIX-HUIT MILLE CENT QUATORZE LIEUES

Que s'était-il passé? D'où provenait la cause de cette ivresse singulière dont les conséquences pouvaient être désastreuses? Une simple étourderie de Michel, à laquelle, très-heureusement, Nicholl put remédier à temps.

Après une véritable pamoison qui dura quelques minutes, le capitaine, revenant le premier à la vie, reprit ses facultés intellectuelles.

Bien qu'il eût déjeuné deux heures auparavant, il ressentait une faim terrible qui le tiraillait comme s'il n'avait pas mangé depuis plusieurs jours. Tout en lui, estomac et cerveau, était surexcité au plus haut point.

Il se releva donc et réclama de Michel une collation supplémentaire. Michel, anéanti, ne répon-

V

« L'OXYGÈNE ! » S'ÉCRIA NICHOLL. (PAGE 115.

tibdit pas. Nicholl voulut alors préparer quelque tasses de thé destinées à faciliter l'absorption d'une douzaine de sandwiches. Il s'occupa d'abord de se procurer du feu, et frotta vivement une allumette.

Quelle fut sa surprise en voyant briller le soufre d'un éclat extraordinaire et presque insoutenable à la vue. Du bec de gaz qu'il alluma, jaillit une flamme comparable aux jets de la lumière électrique.

Une révélation se fit dans l'esprit de Nicholl. Cette intensité de lumière, les troubles physiologiques survenus en lui, la surexcitation de toutes ses facultés morales et passionnelles, il comprit tout.

« L'oxygène ! » s'écria-t-il.

Et se penchant sur l'appareil à air, il vit que le robinet laissait échapper à pleins flots ce gaz incolore, sans saveur, sans odeur, éminemment vital, mais qui, à l'état pur, produit les désordres les plus graves dans l'organisme. Par étourderie, Michel avait ouvert en grand le robinet de l'appareil !

Nicholl se hâta de suspendre cet écoulement d'oxygène, dont l'atmosphère était saturée, et qui eût entraîné la mort des voyageurs, non par asphyxie, mais par combustion.

Une heure après, l'air moins chargé rendait aux poumons leur jeu normal. Peu à peu, les trois

amis revenaient de leur ivresse ; mais il leur fallut
cuver leur oxygène, comme un ivrogne cuve son
vin.

Quand Michel apprit qu'elle était sa part de res-
ponsabilité dans cet incident, il ne s'en montra
pas autrement déconcerté. Cette ébriété inattendue
rompait la monotonie du voyage. Bien des sottises
avaient été dites sous son influence, mais aussi
vite oubliées que dites !

« Puis, ajouta le joyeux Français, je ne suis pas
fâché d'avoir goûté un peu de ce gaz capiteux. Savez-vous, mes amis, qu'il y aurait un curieux établissement à fonder, avec cabinets d'oxygène, où
les gens dont l'organisme est affaibli, pourraient,
pendant quelques heures, vivre d'une vie plus ac-
tive ! Supposez des réunions où l'air serait saturé
de ce fluide héroïque, des théâtres où l'administration l'entretiendrait à haute dose, quelle passion
dans l'âme des acteurs et des spectateurs, quel feu,
quel enthousiasme ! Et si, au lieu d'une simple
assemblée, on pouvait en saturer tout un peuple,
quelle activité dans ses fonctions, quel supplément
de vie il recevrait ! D'une nation épuisée on refe-
rait peut-être une nation grande et forte, et je connais plus d'un État de notre vieille Europe qui
devrait se remettre au régime de l'oxygène, dans
l'intérêt de sa santé ! »

Michel parlait et s'animait, à faire croire que le robinet était encore trop ouvert. Mais, d'une phrase, Barbicane enraya son enthousiasme.

« Tout cela est bien, ami Michel, lui dit-il, mais nous apprendras-tu d'où viennent ces poules qui se sont mêlées à notre concert ?

— Ces poules ?

— Oui. »

En effet, une demi-douzaine de poules et un superbe coq se promenaient çà et là, voletant et caquetant.

« Ah ! les maladroites ! s'écria Michel. C'est l'oxy-gène qui les a mises en révolution !

— Mais que veux-tu faire de ces poules ? demanda Barbicane.

— Les acclimater dans la Lune, parbleu !

— Alors pourquoi les avoir cachées ?

— Une farce, mon digne président, une simple farce qui avorte piteusement ! Je voulais les lâcher sur le continent lunaire, sans vous en rien dire ! Hein ! quel eût été votre ébahissement à voir ces volatiles terrestres picorer les champs de la Lune !

— Ah ! gamin ! gamin éternel ! répondit Barbicane, tu n'as pas besoin d'oxygène pour te monter la tête ! Tu es toujours ce que nous étions sous l'influence de ce gaz ! Tu es toujours fou !

—Eh! qui dit qu'alors nous n'étions pas sages! » «
répliqua Michel Ardan.

Après cette réflexion philosophique, les trois
amis réparèrent le désordre du projectile. Poules et
coq furent réintégrés dans leur cage. Mais, en pro-
cédant à cette opération, Barbicane et ses deux
compagnons eurent le sentiment très-marqué d'un
nouveau phénomène.

Depuis le moment où ils avaient quitté la Terre,
leur propre poids, celui du boulet et des objets
qu'il renfermait, avaient subi une diminution pro-
gressive. S'ils ne pouvaient constater cette déperdition pour le projectile, un instant devait arriver
où cet effet serait sensible pour eux-mêmes et
pour les ustensiles ou les instruments dont ils se
servaient.

Il va sans dire qu'une balance n'eût pas indiqué
cette déperdition, car le poids destiné à peser l'objet aurait perdu précisément autant que l'objet
lui-même ; mais un peson à ressort, par exemple,
dont la tension est indépendante de l'attraction,
eût donné l'évaluation exacte de cette déperdition.

On sait que l'attraction, autrement dit la pesanteur, est proportionnelle aux masses et en raison inverse du carré des distances. De là cette
conséquence : Si la Terre eût été seule dans l'espace
si les autres corps célestes se fussent subitement

annihilés, le projectile, d'après la loi de Newton, aurait d'autant moins pesé qu'il se serait éloigné de la Terre, mais sans jamais perdre entièrement son poids, car l'attraction terrestre se fût toujours fait sentir à n'importe quelle distance.

Mais, dans le cas actuel, un moment devait arriver où le projectile ne serait plus aucunement soumis aux lois de la pesanteur, en faisant abstraction des autres corps célestes dont on pouvait considérer l'effet comme nul.

En effet, la trajectoire du projectile se traçait entre la Terre et la Lune. A mesure qu'il s'éloignait de la Terre, l'attraction terrestre diminuait en raison inverse du carré des distances, mais aussi l'attraction lunaire augmentait dans la même proportion. Il devait donc arriver un point où ces deux attractions se neutralisant, le boulet ne pèserait plus. Si les masses de la Lune et de la Terre eussent été égales, ce point se fût rencontré à une égale distance des deux astres. Mais, en tenant compte de la différence des masses, il était facile de calculer que ce point serait situé aux quarante-sept cinquante-deuxièmes du voyage, soit, en chiffres, à soixante dix-huit mille cent quatorze lieues de la terre.

A ce point, un corps n'ayant aucun principe de vitesse ou de déplacement en lui, y demeurerait

éternellement immobile, étant également attiré
par les deux astres, et rien ne le sollicitant plutôt
vers l'un que vers l'autre.

Or, le projectile, si la force d'impulsion avait
été exactement calculée, le projectile devait at--
teindre ce point avec une vitesse nulle, ayant per--
du tout indice de pesanteur, comme tous les objets
qu'il portait en lui.

Qu'arriverait-il alors? Trois hypothèses se pré--
sentaient.

Ou le projectile aurait encore conservé une cer--
taine vitesse, et, dépassant le point d'égale attrac--
tion, il tomberait sur la Lune en vertu de l'excès
de l'attraction lunaire sur l'attraction terrestre.

Ou la vitesse lui manquant pour atteindre le
point d'égale attraction, il retomberait sur la Terre
en vertu de l'excès de l'attraction terrestre sur
l'attraction lunaire.

Ou enfin, animé d'une vitesse suffisante pour
atteindre le point neutre, mais insuffisante pour
le dépasser, il resterait éternellement suspendu à
cette place, comme le prétendu tombeau de Maho--
met, entre le zénith et le nadir.

Telle était la situation, et Barbicane en expliqua
clairement les conséquences à ses compagnons de
voyage. Cela les intéressait au plus haut degré.
Or, comment reconnaitraient-ils que le projectile

avait atteint ce point neutre situé à soixante-dix-huit mille cent quatorze lieues de la Terre? Précisément lorsque ni eux, ni les objets enfermés dans le projectile ne seraient plus aucunement soumis aux lois de la pesanteur.

Jusqu'ici, les voyageurs, tout en constatant que cette action diminuait de plus en plus, n'avaient pas encore reconnu son absence totale. Mais ce jour-là, vers onze heures du matin, Nicholl, ayant laissé échapper un verre de sa main, le verre, au lieu de tomber, resta suspendu dans l'air.

« Ah! s'écria Michel Ardan, voilà donc un peu de physique amusante! »

Et aussitôt, divers objets, des armes, des bouteilles, abandonnés à eux-mêmes, se tinrent comme par miracle. Diane, elle aussi, placée par Michel dans l'espace, reproduisit, mais sans aucun truc, la suspension merveilleuse opérée par les Caston et les Robert-Houdin. La chienne, d'ailleurs, ne semblait pas s'apercevoir qu'elle flottait dans l'air.

Eux-mêmes, surpris, stupéfaits, en dépit de leurs raisonnements scientifiques, ils sentaient, ces trois aventureux compagnons emportés dans le domaine du merveilleux, ils sentaient que la pesanteur manquait à leur corps. Leurs bras, qu'ils

9

étendaient, ne cherchaient plus à s'abaisser. Leur
tête vacillait sur leurs épaules. Leurs pieds ne te-
naient plus au fond du projectile. Ils étaient
comme des gens ivres auxquels la stabilité fait défaut. Le fantastique a créé des hommes privés de
leurs reflets, d'autres privés de leur ombre! Mais
ici la réalité, par la neutralité des forces attractives,
faisait des hommes en qui rien ne pesait plus, et
qui ne pesaient pas eux-mêmes!

Soudain Michel, prenant un certain élan, quitta
e fond, et resta suspendu en l'air comme le bon
moine de la *Cuisine des Anges* de Murillo. Ses
deux amis l'avaient rejoint en un instant, et tous
les trois, au centre du projectile, ils figuraient une
ascension miraculeuse.

« Est-ce croyable? Est-ce vraisemblable? Est-ce
possible? s'écria Michel. Non. Et pourtant cela
est! Ah! si Raphaël nous avait vus ainsi, quelle
« Assomption » il eût jetée sur sa toile!

— L'Assomption ne peut durer, répondit Barbicane. Si le projectile passe le point neutre, l'attraction lunaire nous attirera vers la Lune.

— Nos pieds reposeront alors sur la voûte du
projectile, répondit Michel.

— Non, dit Barbicane, parce que le projectile,
dont le centre de gravité est très-bas, se retournera
peu à peu.

— Alors, tout notre aménagement va être bou-
leversé de fond en comble, c'est le mot !

— Rassure-toi, Michel, répondit Nicholl. Aucun
bouleversement n'est à craindre. Pas un objet ne
bougera, car l'évolution du projectile ne se fera
qu'insensiblement.

— En effet, reprit Barbicane, et quand il aura
franchi le point d'égale attraction, son culot, relativement plus lourd, l'entraînera suivant une perpendiculaire à la Lune. Mais, pour que ce phénomène se produise, il faut que nous ayons passé la
ligne neutre.

— Passer la ligne neutre ! s'écria Michel. Alors
faisons comme les marins qui passent l'Équateur.
Arrosons notre passage ! »

Un léger mouvement de côté ramena Michel
vers la paroi capitonnée. Là, il prit une bouteille et
des verres, les plaça « dans l'espace, » devant ses
compagnons, et, trinquant joyeusement, ils saluèrent la ligne d'un triple hurrah.

Cette influence des attractions dura une heure à
peine. Les voyageurs se sentirent insensiblement
ramenés vers le fond, et Barbicane crut remarquer que le bout conique du projectile s'écar-
tait un peu de la normale dirigée vers la Lune.
Par un mouvement inverse, le culot s'en rapprochait. L'attraction lunaire l'emportait donc

sur l'attraction terrestre. La chute vers la Lune commençait, presque insensible encore ; elle ne devait être que d'un millimètre un tiers dans la première seconde, soit cinq cent quatre-vingt-dix millièmes de ligne. Mais peu à peu la force attractive s'accroîtrait, la chute serait plus accentuée, le projectile, entraîné par le culot, présenterait son cône supérieur à la Terre et tomberait avec une vitesse croissante jusqu'à la surface du continent sélénite. Le but serait donc atteint. Maintenant, rien ne pouvait empêcher le succès de l'entreprise, et Nicholl et Michel Ardan partagèrent la joie de Barbicane.

Puis ils causèrent de tous ces phénomènes qui les émerveillaient coup sur coup. Cette neutralisation des lois de la pesanteur surtout, ils ne tarissaient pas à son propos. Michel Ardan, toujours enthousiaste, voulait en tirer des conséquences qui n'étaient que fantaisie pure.

« Ah ! mes dignes amis, s'écriait-il, quel progrès si l'on pouvait ainsi se débarrasser, sur Terre, de ce:te pesanteur, de cette chaîne qui vous rive à elle ! Ce serait le prisonnier devenu libre ! Plus de fatigues, ni des bras ni des jambes. Et, s'il est vrai que pour voler à la surface de la terre, pour se soutenir dans l'air par le simple jeu des muscles, il faille une force cent cinquante fois supérieure à

celle que nous possédons, un simple acte de la volonté, un caprice nous transporterait dans l'espace,
si l'attraction n'existait pas.

— En effet, dit Nicholl en riant, si l'on parve
nait à supprimer la pesanteur, comme on supprim :
la douleur par l'anesthésie, voilà qui changerait la
face des sociétés modernes !

— Oui, s'écria Michel, tout plein de son sujet,
détruisons la pesanteur, et plus de fardeaux ! Partant, plus de grues, de crics, de cabestans, de ma-
nivelles et autres engins qui n'auraient pas de
raison d'être !

— Bien dit, répliqua Barbicane, mais si rien ne
pesait plus, rien ne tiendrait plus, pas plus ton
chapeau sur ta tête, digne Michel, que ta maison
dont les pierres n'adhèrent que par leur poids! Pas
de bateaux dont la stabilité sur les eaux n'est
qu'une conséquence de la pesanteur. Pas même
d'Océan, dont les flots ne seraient plus équilibrés
par l'attraction terrestre. Enfin pas d'atmosphère,
dont les molécules n'étant plus retenues se disper-
seraient dans l'espace !

— Voilà qui est fâcheux, répliqua Michel. Rien
de tel que ces gens positifs pour vous ramener
brutalement à la réalité.

— Mais console-toi, Michel, reprit Barbicane,
car si aucun astre n'existe d'où soient bannies les

lois de la pesanteur, tu vas, du moins, en visiter
un où la pesanteur est beaucoup moindre que sur
a Terre.

— La Lune?

— Oui, la Lune, à la surface de laquelle les
objets pèsent six fois moins qu'à la surface de la
Terre, phénomène très-facile à constater.

— Et nous nous en apercevrons? demanda
Michel.

— Évidemment, puisque deux cents kilogrammes n'en pèsent que trente à la surface de
la Lune.

— Et notre force musculaire n'y diminuera pas?

— Aucunement. Au lieu de t'élever à un mètre en sautant, tu t'élèveras à dix-huit pieds de
hauteur.

— Mais nous serons des Hercules dans la Lune!
s'écria Michel.

— D'autant plus, répondit Nicholl, que si la
taille des Sélénites est proportionnelle à la masse
de leur globe, il seront hauts d'un pied à peine.

— Des Lilliputiens! répliqua Michel. Je vais
donc jouer le rôle de Gulliver! Nous allons réaliser
la fable des géants! Voilà l'avantage de quitter sa
planète et de courir le monde solaire!

— Un instant, Michel, répondit Barbicane. Si
tu veux jouer les Gulliver, ne visite que les pla-

nètes inférieures, telles que Mercure, Vénus ou
Mars, dont la masse est un peu moindre que celle
de la Terre. Mais ne te hasarde pas dans les grandes
planètes, Jupiter, Saturne, Uranus, Neptune, car
là les rôles seraient intervertis, et tu deviendrais
Lilliputien.

— Et dans le Soleil ?

— Dans le Soleil, si sa densité est quatre fois
moindre que celle de la Terre, son volume est
treize cent vingt-quatre mille fois plus considérable
et l'attraction y est vingt-sept fois plus grande
qu'à la surface de notre globe. Toute proportion
gardée, les habitants y devraient avoir en moyenne
deux cents pieds de haut.

— Mille diables ! s'écria Michel. Je ne serais
plus qu'un pygmée, un mirmidon !

— Gulliver chez les géants, dit Nicholl.

— Juste ! répondit Barbicane.

— Et il ne serait pas inutile d'emporter quelques
pièces d'artillerie pour se défendre.

— Bon ! répliqua Barbicane, tes boulets ne fe-
raient aucun effet dans le Soleil, et ils tomberaient
sur le sol au bout de quelques mètres.

— Voilà qui est fort !

— Voilà qui est certain, répondit Barbicane.
L'attraction est si considérable sur cet astre énorme,
qu'un objet pesant soixante-dix kilogrammes sur

la Terre, en pèserait dix-neuf cent trente à la surface du Soleil. Ton chapeau, une dizaine de kilogrammes ! Ton cigare, une demi-livre. Enfin, si
tu tombais sur le continent solaire, ton poids serait
tel,—deux mille cinq cents kilos environ,—que tu
ne pourrais pas te relever !

— Diable ! fit Michel. Il faudrait alors avoir une
petite grue portative ! Eh bien ! mes amis, conten-
tons-nous de la Lune pour aujourd'hui. Là, au
moins, nous ferons grande figure ! Plus tard, nous
verrons s'il faut aller dans ce Soleil, où l'on ne peut
boire sans un cabestan pour hisser son verre à sa
bouche ! »

CHAPITRE IX

CONSÉQUENCES D'UNE DÉVIATION

Barbicane n'avait plus d'inquiétude, sinon sur l'issue du voyage, du moins sur la force d'impulsion du projectile. Sa vitesse virtuelle l'entraînait au-delà de la ligne neutre. Donc, il ne reviendrait pas à la Terre. Donc, il ne s'immobiliserait pas sur le point d'attraction. Une seule hypothèse restait à réaliser, l'arrivée du boulet à son but sous l'action de l'attraction lunaire.

En réalité, c'était une chute de huit mille deux cent quatre-vingt-seize lieues, sur un astre, il est vrai, où la pesanteur ne doit être évaluée qu'au sixième de la pesanteur terrestre. Chute formidable néanmoins, et contre laquelle toutes précautions voulaient être prises sans retard.

Ces précautions étaient de deux sortes : les unes

devaient amortir le coup au moment où le projectile toucherait le sol lunaire ; les autres devaient retarder sa chute, et par conséquent la rendre moins violente.

Pour amortir le coup, il était fâcheux que Barbicane ne fût plus à même d'employer les moyens qui avaient si utilement atténué le choc du départ, c'est-à-dire l'eau employée comme ressort et les cloisons brisantes. Les cloisons existaient encore; mais l'eau manquait, car on ne pouvait employer la réserve à cet usage, réserve précieuse pour le cas où, pendant les premiers jours, l'élément liquide manquerait au sol lunaire.

D'ailleurs, cette réserve eût été très-insuffisante pour faire ressort. La couche d'eau emmagasinée dans le projectile au départ, et sur laquelle reposait le disque étanche, n'occupait pas moins de trois pieds de hauteur sur une surface de cinquante-quatre pieds carrés. Elle mesurait en volume six mètres cubes et en poids cinq mille sept cent cinquante kilogrammes. Or, les récipients n'en contenaient plus la cinquième partie. Il fallait donc renoncer à ce moyen si puissant d'amortir le choc d'arrivée.

Fort heureusement, Barbicane, non content d'employer l'eau, avait muni le disque mobile de forts tampons à ressort destinés à amoindrir le choc

contre le culot après l'écrasement des cloisons ho-
rizontales. Ces tampons existaient toujours; il
suffisait de les rajuster et de remettre en place le
disque mobile. Toutes ces pièces, faciles à manier,
puisque leur poids était à peine sensible, pouvaient
être remontées rapidement.

Ce fut fait. Les divers morceaux se rajus-
tèrent sans peine. Affaire de boulons et d'écrous.
Les outils ne manquaient pas. Bientôt le disque
remanié reposa sur ses tampons d'acier, comme
une table sur ses pieds. Un inconvénient résultait
du placement de ce disque. La vitre inférieure
était obstruée. Donc, impossibilité pour les voyageurs d'observer la Lune par cette ouverture, lorsqu'ils seraient précipités perpendiculairement sur
elle. Mais il fallait y renoncer. D'ailleurs, par les
ouvertures latérales, on pouvait encore apercevoir
les vastes régions lunaires comme on voit la Terre
de la nacelle d'un aérostat.

Cette disposition du disque demanda une heure
de travail. Il était plus de midi quand les préparatifs furent achevés. Barbicane fit de nouvelles observations sur l'inclinaison du projectile; mais, à
son grand ennui, il ne s'était pas suffisamment re-
tourné pour une chute; il paraissait suivre une
courbe parallèle au disque lunaire. L'astre des
nuits brillait splendidement dans l'espace, tandis

qu'à l'opposé, l'astre du jour l'incendiait de ses feux.

Cette situation ne laissait pas d'être inquiétante.

« Arriverons-nous? dit Nicholl.

— Faisons comme si nous devions arriver, répondit Barbicane.

— Vous êtes des trembleurs, répliqua Michel Ardan. Nous arriverons, et plus vite que nous ne le voudrons. »

Cette réponse ramena Barbicane à son travail préparatoire, et il s'occupa de la disposition des engins destinés à retarder la chute.

On se rappelle la scène du meeting tenu à Tampa-Town, dans la Floride, alors que le capitaine Nicholl se posait en ennemi de Barbicane et en adversaire de Michel Ardan. Au capitaine Nicholl, soutenant que le projectile se briserait comme verre, Michel avait répondu qu'il retarderait sa chute au moyen de fusées convenablement disposées.

En effet, de puissants artifices, prenant leur point d'appui sur le culot et fusant à l'extérieur, pouvaient, en produisant un mouvement de recul, enrayer dans une certaine proportion la vitesse du boulet. Ces fusées devaient brûler dans le vide, il est vrai, mais l'oxygène ne leur manquerait pas, car elles le fournissaient elles-mêmes, comme les volcans lunaires, dont la déflagration n'a ja-

mais été empêchée par le défaut d'atmosphère autour de la Lune.

Barbicane s'était donc muni d'artifices enfermés
dans de petits canons d'acier taraudés, qui pouvaient se visser dans le culot du projectile. Intérieurement, ces canons affleuraient le fond. Extérieurement, ils le dépassaient d'un demi-pied.
Il y en avait vingt. Une ouverture, ménagée dans
le disque, permettait d'allumer la mèche dont
chacun était pourvu. Tout l'effet se produisait au dehors. Les mélanges fusants avaient
été forcés d'avance dans chaque canon. Il suffisait donc d'enlever les obturateurs métalliques
engagés dans le culot, et de les remplacer par
ces canons qui s'ajustaient rigoureusement à leur
place.

Ce nouveau travail fut achevé vers trois heures,
et, toutes ces précautions prises, il ne s'agit plus
que d'attendre.

Cependant, le projectile se rapprochait visiblement de la Lune. Il subissait évidemment son influence dans une certaine proportion ; mais sa
propre vitesse l'entraînait aussi suivant une ligne
oblique. De ces deux influences, la résultante était
une ligne qui deviendrait peut-être une tangente.
Mais, il était certain que le projectile ne tombait
pas normalement à la surface de la Lune, car sa

partie inférieure, en raison même de son poids, aurait dû être tournée vers elle.

Les inquiétudes de Barbicane redoublaient à voir son boulet résister aux influences de la gravitation. C'était l'inconnu qui s'ouvrait devant lui, l'inconnu à travers les espaces intra-stellaires. Lui, le savant, il croyait avoir prévu les trois hypothèses possibles, le retour à la Terre, le retour à la la Lune, la stagnation sur la ligne neutre! Et voici qu'une quatrième hypothèse, grosse de toutes les terreurs de l'infini, surgissait inopinément. Pour ne pas l'envisager sans défaillance, il fallait être un savant résolu comme Barbicane, un être flegmatique comme Nicholl, ou un aventurier audacieux comme Michel Ardan.

La conversation fut mise sur ce sujet. D'autres hommes auraient considéré la question au point de vue pratique. Ils se seraient demandés où les entraînait leur wagon projectile? Eux, pas. Ils cherchèrent la cause qui avait dû produire cet effet.

« Ainsi, nous avons déraillé? dit Michel. Mais pourquoi?

— Je crains bien, répondit Nicholl, que malgré toutes les précautions prises, la Columbiad n'ait pas été pointée juste. Une erreur, si petite qu'elle soit, devait suffire à nous jeter hors de l'attraction lunaire.

— On aurait donc mal visé? demanda Michel.

— Je ne le crois pas, répondit Barbicane. La perpendicularité du canon était rigoureuse, sa direction sur le zénith du lieu incontestable. Or, la Lune passant au zénith, nous devions l'atteindre en plein. Il y a une autre raison, mais elle m'échappe.

— N'arrivons-nous pas trop tard? demanda Nicholl.

— Trop tard? fit Barbicane.

— Oui, reprit Nicholl. La note de l'Observatoire de Cambridge porte que le trajet doit s'accomplir en quatre-vingt-dix-sept heures treize minutes et vingt secondes. Ce qui veut dire que, plus tôt, la Lune ne serait pas encore au point indiqué, et plus tard, qu'elle n'y serait plus.

— D'accord, répondit Barbicane. Mais nous sommes partis le 1er décembre, à onze heures moins treize minutes et vingt-cinq secondes du soir, et nous devons arriver le 5 à minuit, au moment précis où la Lune sera pleine. Or, nous sommes au 5 décembre. Il est trois heures et demie du soir, et huit heures et demie devaient suffire à nous conduire au but. Pourquoi n'y arrivons-nous pas?

— Ne serait-ce pas un excès de vitesse? répondit Nicholl, car nous savons maintenant que la

vitesse initiale a été plus grande qu'on ne suppo-
sait?

— Non! cent fois non! répliqua Barbicane. Un
excès de vitesse, si la direction du projectile eû
été bonne, ne nous aurait pas empêché d'atteindre
la Lune. Non! il y a eu déviation. Nous avons été
déviés.

— Par qui? par quoi? demanda Nicholl.

— Je ne puis le dire, répondit Barbicane.

— Eh bien, Barbicane, dit alors Michel, veux-
tu connaître mon opinion sur cette question de
savoir d'où provient cette déviation?

— Parle.

— Je ne donnerais pas un demi-dollar pour
l'apprendre! Nous sommes déviés, voilà le fait. Où
allons-nous, peu m'importe! Nous le verrons bien.
Que diable! puisque nous sommes entraînés dans
l'espace, nous finirons bien par tomber dans un
centre quelconque d'attraction! »

Cette indifférence de Michel Ardan ne pouvait
contenter Barbicane. Non que celui-ci s'inquiétât
de l'avenir! Mais pourquoi son projectile avait dévié, c'est ce qu'il voulait savoir à tout prix.

Cependant, le boulet continuait à se déplacer la-
téralement à la Lune, et avec lui le cortége d'objets jetés au dehors. Barbicane put même constater par des points de repère relevés sur la Lune,

dont la distance était inférieure à deux mille lieues, que sa vitesse devenait uniforme. Nouvelle preuve qu'il n'y avait pas chute. La force d'impulsion l'emportait encore sur l'attraction lunaire, mais la trajectoire du projectile le rapprochait certainement du disque lunaire, et l'on pouvait espérer qu'à une distance plus rapprochée, l'action de la pesanteur prédominerait et provoquerait définitivement une chute.

Les trois amis, n'ayant rien de mieux à faire, continuèrent leurs observations. Cependant, ils ne pouvaient encore déterminer les dispositions topographiques du satellite. Tous ses reliefs se nivelaient sous la projection des rayons solaires.

Ils regardèrent ainsi par les vitres latérales jusqu'à huit heures du soir. La Lune avait alors tellement grossi à leurs yeux, qu'elle masquait toute une moitié du firmament. Le soleil d'un côté, l'astre des nuits de l'autre, inondaient le projectile de lumière.

En ce moment, Barbicane crut pouvoir estimer à sept cents lieues seulement la distance qui les séparait de leur but. La vitesse du projectile lui parut être de deux cents mètres par seconde, soit environ cent soixante-dix lieues à l'heure. Le culot du boulet tendait à se tourner vers la Lune sous l'influence de la force centripète; mais la

10

force centrifuge l'emportant toujours, il devenait probable que la trajectoire rectiligne se changerait en une courbe quelconque dont on ne pouvait déterminer la nature.

Barbicane cherchait toujours la solution de son insoluble problème. Les heures s'écoulaient sans résultat. Le projectile se rapprochait visiblement de la Lune, mais il était visible aussi qu'il ne l'atteindrait pas. Quant à la plus courte distance à laquelle il en passerait, elle serait la résultante des deux forces attractives et répulsives qui sollicitaient le mobile.

« Je ne demande qu'une chose, répétait Michel. Passer assez près de la Lune pour en pénétrer les secrets !

— Maudite soit alors, s'écria Nicholl, la cause qui a fait dévier notre projectile !

—Maudit soit alors, répondit Barbicane, comme si son esprit eût été soudainement frappé, maudit soit le bolide que nous avons croisé en route !

— Hein ! fit Michel Ardan.

— Que voulez-vous dire ? s'écria Nicholl.

— Je veux dire, reprit Barbicane d'un ton convaincu, je veux dire que notre déviation est uniquement due à la rencontre de ce corps errant !

— Mais il ne nous a pas même effleurés, répondit Michel.

— Qu'importe. Sa masse, comparée à celle de notre projectile était énorme, et son attraction a suffi pour influer sur notre direction.

— Si peu! s'écria Nicholl.

— Oui, Nicholl, mais si peu que ce soit, répondit Barbicane, sur une distance de quatre-vingt quatre mille lieues, il n'en fallait pas davantage pour manquer la Lune! »

CHAPITRE X

LES OBSERVATEURS DE LA LUNE

Barbicane avait évidemment trouvé la seule raison plausible de cette déviation. Si petite qu'elle eût été, elle avait suffi à modifier la trajectoire du projectile. C'était une fatalité. L'audacieuse tentative avortait par une circonstance toute fortuite, et à moins d'événements exceptionnels, on ne pouvait plus atteindre le disque lunaire. En passerait-on assez près pour résoudre certaines questions de physique ou de géologie insolubles jusqu'alors? c'était la question, la seule qui préoccupât maintenant les hardis voyageurs. Quant au sort que leur réservait l'avenir, ils n'y voulaient même pas songer. Cependant, que deviendraient-ils au milieu de ces solitudes infinies, eux à qui l'air devait bientôt manquer? Quelques jours encore, et ils tomberaient asphyxiés dans ce boulet errant à l'aventure. Mais quelques jours, c'étaient des siècles pour ces intrépides, et ils consacrèrent tous leurs instants à observer cette Lune qu'ils n'espéraient plus atteindre.

La distance qui séparait alors le projectile du satellite fut estimée à deux cents lieues environ. Dans ces conditions, au point de vue de la visibilité des détails du disque, les voyageurs se trouvaient plus éloignés de la Lune, que ne le sont les habitants de la Terre, armés de leurs puissants télescopes.

On sait, en effet, que l'instrument monté par John Ross à Parson-town, dont le grossissement est de six mille cinq cents fois, ramène la Lune à seize lieues; de plus, avec le puissant engin établi à Long's Peak, l'astre des nuits, grossi quarante-huit mille fois, était rapproché à moins de deux lieues, et les objets ayant dix mètres de diamètre s'y montraient suffisamment distincts.

Ainsi donc, à cette distance, les détails topographiques de la Lune, observés sans lunette, n'étaient pas sensiblement déterminés. L'œil saisissait le vaste contour de ces immenses dépressions improprement appelées « mers, » mais il ne pouvait en reconnaître la nature. La saillie des montagnes disparaissait dans la splendide irra-

diation que produisait la réflexion des rayons solaires. Le regard, ébloui comme s'il se fût penché
sur un bain d'argent en fusion, se détournait involontairement.

Cependant la forme oblongue de l'astre se dé-
gageait déjà. Il apparaissait comme un œuf gigantesque dont le petit bout était tourné vers la
Terre. En effet, la Lune, liquide ou malléable aux
premiers jours de sa formation, figurait alors une
sphère parfaite. Mais, bientôt entraînée dans le
centre d'attraction de la Terre, elle s'allongea
sous l'influence de la pesanteur. A devenir satellite, elle perdit la pureté native de ses formes; son
centre de gravité se reporta en avant du centre de
figure, et, de cette disposition, quelques savants
tirèrent cette conséquence que l'air et l'eau avaient
pu se réfugier sur cette surface opposée de la
Lune qu'on ne voit jamais de la Terre.

Cette altération des formes primitives du satellite ne fut sensible que pendant quelques instants.
La distance du projectile à la Lune diminuait
très-rapidement, sous sa vitesse considérablement
inférieure à la vitesse initiale, mais huit à neu-
fois supérieure à celle dont sont animés les express
de chemins de fer. La direction oblique du boulet, en raison même de son obliquité, laissait à
Michel Ardan quelque espoir de heurter un point

quelconque du disque lunaire. Il ne pouvait croire
qu'il n'y arriverait pas. Non! il ne pouvait le
croire, et il le répétait souvent. Mais Barbicane
meilleur juge, ne cessait de lui répondre avec une
impitoyable logique.

« Non, Michel, non. Nous ne pouvons atteindre
la Lune que par une chute, et nous ne tombons
pas. La force centripète nous maintient sous l'influence lunaire, mais la force centrifuge nous
éloigne irrésistiblement. »

Ceci fut dit d'un ton qui enleva à Michel Ardan ses dernières espérances.

La portion de la Lune dont le projectile se rapprochait était l'hémisphère nord : celui que les
cartes sélénographiques placent en bas, car ces
cartes sont généralement dressées d'après l'image
fournie par les lunettes, et l'on sait que les lunettes renversent les objets. Telle était la *Mappa
selenographica* de Beer et Mœdler que consultait
Barbicane. Cet hémisphère septentrional présentait de vastes plaines, accidentées de montagne
isolées.

A minuit, la Lune était pleine. A ce moment
précis, les voyageurs auraient dû y prendre pied,
si le malencontreux bolide n'eût pas dévié leur direction. L'astre arrivait donc dans les conditions
rigoureusement déterminées par l'observatoire de

Cambridge. Il se trouvait mathématiquement à
son périgée et au zénith du vingt-huitième parallèle. Un observateur placé au fond de l'énorme
Columbiad braquée perpendiculairement à l'horizon, eût encadré la Lune dans la bouche du canon. Une ligne droite, figurant l'axe de la pièce,
aurait traversé en son centre l'astre de la nuit.

Inutile de dire que pendant cette nuit du 5 au
6 décembre, les voyageurs ne prirent pas un
instant de repos. Auraient-ils pu fermer les yeux,
si près de ce monde nouveau? Non. Tous leurs
sentiments se concentraient dans une pensée unique : Voir! Représentants de la Terre, de l'humanité passée et présente, qu'ils résumaient en
eux, c'est par leurs yeux que la race humaine regardait ces régions lunaires et pénétrait les secrets de son satellite! Une certaine émotion les
tenait au cœur, et ils allaient silencieusement
d'une vitre à l'autre.

Leurs observations, reproduites par Barbicane,
furent rigoureusement déterminées. Pour les
faire, ils avaient des lunettes. Pour les contrôler,
ils avaient des cartes.

Le premier observateur de la Lune fut Galilée.
Son insuffisante lunette grossissait trente fois seulement. Néanmoins, dans ces taches qui parse-
maient le disque lunaire, « comme les yeux par-

sèment la queue d'un paon, » le premier, il reconnut des montagnes et mesura quelques hauteurs auxquelles il attribua exagérément une élévation égale au vingtième du diamètre du disque,
soit huit mille huit cents mètres. Galilée ne dressa
aucune carte de ses observations.

Quelques années plus tard, un astronome de
Dantzig, Hévélius,— par des procédés qui n'étaient
exacts que deux fois par mois, lors des première
et seconde quadrature, — réduisit les hauteurs de
Galilée à un vingt sixième seulement du diamètre
lunaire. Exagération inverse. Mais c'est à ce savant que l'on doit la première carte de la Lune. Les
taches claires et arrondies y forment des montagnes
circulaires, et les taches sombres indiquent de
vastes mers qui ne sont en réalité que des plaines.
A ces monts et à ces étendues d'eau, il donna des
dénominations terrestres. On y voit figurer le Sinaï
au milieu d'une Arabie, l'Etna au centre d'une
Sicile, les Alpes, les Apennins, les Karpathes,
puis la Méditerrannée, le Palus-Méotide, le Pont-
Euxin, la mer Caspienne. Noms mal appliqués,
d'ailleurs, car ni ces montagnes ni ces mers ne
rappellent la configuration de leurs homonymes
du globe. C'est à peine si dans cette large tache
blanche, rattachée au sud à de plus vastes continents et terminée en pointe, on reconnaîtrait l'i-

mage renversée de la péninsule indienne, du golfe du Bengale et de la Cochinchine. Aussi, ces noms ne furent-ils pas conservés. Un autre cartographe, connaissant mieux le cœur humain, proposa une nouvelle nomenclature que la vanité humaine s'empressa d'adopter.

Cet observateur fut le père Riccioli, contemporain d'Hévelius. Il dressa une carte grossière et grosse d'erreurs. Mais aux montagnes lunaires, il imposa le nom des grands hommes de l'antiquité et des savants de son époque, usage fort suivi depuis lors.

Une troisième carte de la Lune fut exécutée au XVIIe siècle par Dominique Cassini ; supérieure à celle de Riccioli par l'exécution, elle est inexacte sous le rapport des mesures. Plusieurs réductions en furent publiées, mais son cuivre, longtemps conservé à l'Imprimerie Royale, a été vendu au poids comme matière encombrante.

La Hire, célèbre mathématicien et dessinateur, dressa une carte de la Lune, haute de quatre mètres, qui ne fut jamais gravée.

Après lui, un astronome allemand, Tobie Mayer, vers le milieu du XVIIIe siècle, commença la publication d'une magnifique carte sélénographique, d'après les mesures lunaires rigoureusement vérifiées par lui ; mais sa mort, arrivée en 1762, l'empêcha de terminer ce beau travail.

Viennent ensuite Schroeter, de Lilienthal, qui esquissa de nombreuses cartes de la Lune, puis un certain Lorhrmann, de Dresde, auquel on doit une planche divisée en vingt-cinq sections, dont quatre ont été gravées.

Ce fut en 1830 que MM. Beer et Moedler composèrent leur célèbre *Mappa selenographica*, suivant une projection orthographique. Cette carte reproduit exactement le disque lunaire, tel qu'il apparaît ; seulement, les configurations de montagnes et de plaines ne sont justes que sur sa partie centrale ; partout ailleurs, dans les parties septentrionales ou méridionales, orientales ou occidentales, ces configurations, données en raccourci, ne peuvent se comparer à celles du centre. Cette carte topographique, haute de quatre-vingt-quinze centimètres et divisée en quatre parties, est le chef-d'œuvre de la cartographie lunaire.

Après ces savants, on cite les reliefs sélénographiques de l'astronome allemand Julius Schmidt, les travaux topographiques du père Secchi, les magnifiques épreuves de l'amateur anglais Waren de la Rue, et enfin une carte sur projection orthographique de MM. Lecouturier et Chapuis, beau modèle dressé en 1860, d'un dessin très-net et d'une très-claire disposition.

Telle est la nomenclature des diverses cartes relatives au monde lunaire. Barbicane en possédait
deux, celle de MM. Beer et Moedler, et celle de
MM. Chapuis et Lecouturier. Elles devaient lui
rendre plus facile son travail d'observateur.

Quant aux instruments d'optique mis à sa
disposition, c'étaient d'excellentes lunettes marines, spécialement établies pour ce voyage. Elles
grossissaient cent fois les objets; elles auraient donc
rapproché la Lune de la Terre à une distance inférieure à mille lieues. Mais alors, à une distance
qui vers trois heures du matin ne dépassait pas
cent vingt kilomètres, et dans un milieu qu'aucune atmosphère ne troublait, ces instruments
devaient ramener le niveau lunaire à moins de
quinze cents mètres.

CHAPITRE XI.

FANTAISIE ET RÉALISME.

« Avez-vous jamais vu la Lune? » demandait ironiquement un professeur à l'un de ses élèves. — Non, monsieur, répliqua l'élève plus ironiquement encore, mais je dois dire que j'en ai entendu parler. »

Dans un sens, la plaisante réponse de l'élève pourrait être faite par l'immense majorité des êtres sublunaires. Que de gens ont entendu parler de la Lune, qui ne l'ont jamais vue.... du moins à travers l'oculaire d'une lunette ou d'un télescope! Combien n'ont même jamais examiné la carte de leur satellite!

En regardant une mappemonde sélénographique, une particularité frappe tout d'abord. Contrairement à la disposition suivie pour la Terre et Mars, les continents occupent plus particulièrement l'hémisphère sud du globe lunaire. Ces continents ne présentent pas ces lignes terminales, si nettes et si régulières, qui dessinent l'Amérique méridionale, l'Afrique et la péninsule indienne. Leurs côtes anguleuses, capricieuses, profondément déchiquetées, sont riches en golfes et en presqu'îles. Elles rappellent volontiers tout l'imbroglio des îles de la Sonde, où les terres sont divisées à l'excès. Si la navigation a jamais existé à la surface de la Lune, elle a dû être singulièrement difficile et dangereuse, et il faut plaindre les marins et les hydrographes sélénites, — ceux-ci quand ils faisaient le levé de ces rivages tourmentés, — ceux-là lorsqu'ils donnaient sur ces périlleux attérages.

On remarquera aussi que sur le sphéroïde lunaire, le pôle sud est beaucoup plus continental que le pôle nord. A ce dernier, il n'existe qu'une légère calotte de terres séparées des autres continents par de vastes mers (1). Vers le sud, les continents revêtent presque tout l'hémisphère. Il est donc possible que les Sélénites aient déjà planté le pavillon sur l'un de leurs pôles, tandis que les Franklin, les Ross, les Kane, les Dumont-d'Ur-

1. Il est bien entendu que par ce mot « mers » nous désignons ces immenses espaces, qui, probablement recouverts par les eaux autrefois, ne sont plus actuellement que de vastes plaines.

ville, les Lambert, n'ont pas encore pu atteindre ce point inconnu du globe terrestre.

Quant aux iles, elles sont nombreuses à la surface de la Lune. Presque toutes oblongues ou circulaires et comme tracées au compas, elles semblent former un vaste archipel, comparable à ce groupe charmant jeté entre la Grèce et l'Asie-Mineure, que la mythologie a jadis animé de ses plus gracieuses légendes. Involontairement, les noms de Naxos, de Ténedos, de Milo, de Carpathos, viennent à l'esprit, et l'on cherche des yeux le vaisseau d'Ulysse ou le « clipper » des Argonautes. C'est, du moins, ce que réclamait Michel Ardan; c'était un archipel grec qu'il voyait sur la carte. Aux yeux de ses compagnons peu fantaisistes, l'aspect de ces côtes rappelait plutôt les terres morcelées du Nouveau-Brunswick et de la Nouvelle-Écosse, et là où le Français retrouvait la trace des héros de la fable, ces Américains relevaient les points favorales à l'établissement de comptoirs, dans l'intérêt du commerce et de l'industrie lunaires.

Pour achever la description de la partie continentale de la Lune, quelques mots sur sa disposition orographique. On y distingue fort nettement es chaînes de montagnes, les montagnes isolées, es cirques et les rainures. Tout le relief lunaire est compris dans cette division. Il est extraordi-

nairement tourmenté. C'est une Suisse immense
une Norwége continue où l'action plutonique a
tout fait. Cette surface, si profondément raboteuse,
est le résultat des contractions successives de la
croûte, à l'époque où le l'astre était en voie de
formation. Le disque lunaire est propice à l'étude
des grands phénomènes géologiques. Suivant la
remarque de certains astronomes, sa surface,
quoique plus ancienne que la surface de la Terre,
est demeurée plus neuve. Là, pas d'eaux qui dété-
riorent le relief primitif et dont l'action croissante
produit une sorte de nivellement général. Pas d'air
dont l'influence décomposante modifie les profils
orographiques. Là, le travail plutonique, non
altéré par les forces neptuniennes, est dans toute
sa pureté native. C'est la Terre, telle qu'elle fut
avant que les marées et les courants ne l'eussent
empâtée de couches sédimentaires.

Après avoir erré sur ces vastes continents, le
regard est attiré par les mers plus vastes encore.
Non-seulement leur conformation, leur situation,
leur aspect, rappellent celui des Océans terrestres,
mais encore, ainsi que sur la Terre, ces mers occupent la plus grande partie du globe. Et cependant, ce ne sont point des espaces liquides, mais
des plaines dont les voyageurs espéraient bientôt
déterminer la nature.

Les astronomes, il faut en convenir, ont décoré
res prétendues mers de noms au moins bizarres
que la science a respectés jusqu'ici. Michel Ardan
avait raison quand il comparait cette mappemonde
à une « carte du Tendre, » dressée par une Scu-
déry ou un Cyrano de Bergerac.

« Seulement, ajoutait-il, ce n'est plus la carte
du sentiment comme au xviie siècle, c'est la carte
de la vie, très-nettement tranchée en deux parties,
l'une féminine, l'autre masculine. Aux femmes,
l'hémisphère de droite. Aux hommes, l'hémisphère de gauche ! »

Et quand il parlait ainsi, Michel faisait hausser
les épaules à ses prosaïques compagnons. Barbicane et Nicholl considéraient la carte lunaire à un
tout autre point de vue que leur fantaisiste ami.
Cependant, leur fantaisiste ami avait tant soit peu
raison. Qu'on en juge.

Dans cet hémisphère de gauche s'étend « la Mer
des Nuées, » où va si souvent se noyer la raison
humaine. Non loin apparaît « la Mer des Pluies, »
alimentée par tous les tracas de l'existence. Auprès
se creuse « la Mer des Tempêtes, » où l'homme lutte
sans cesse contre ses passions trop souvent victo-
rieuses. Puis, épuisé par les déceptions, les trahi-
sons, les infidélités et tout le cortége des misères
terrestres, que trouve-t-il au terme de sa carrière?

11

cette vaste « Mer des Humeurs » à peine adoucie
par quelques gouttes des eaux du « Golfe de la
Rosée ! » Nuées, pluies, tempêtes, humeurs, la
vie de l'homme contient-elle autre chose et ne se
résume-t-elle pas en ces quatre mots ?

L'hémisphère de droite, « dédié aux femmes, »
renferme des mers plus petites, dont les noms
significatifs comportent tous les incidents d'une
existence féminine. C'est « la Mer de la Sérénité, »
au-dessus de laquelle se penche la jeune fille, et
« le Lac des Songes, » qui lui reflète un riant avenir. C'est « la Mer du Nectar, avec ses flots de
tendresse et ses brises d'amour ! C'est « la Mer de
la Fécondité, » c'est « la Mer des Crises, » puis « la
Mer des Vapeurs, » dont les dimensions sont peut-
être trop restreintes, et enfin cette vaste « Mer de
la Tranquillité, » où se sont absorbées toutes les
fausses passions, tous les rêves inutiles, tous les
désirs inassoupis, et dont les flots se déversent paisiblement dans « le Lac de la Mort ! »

Quelle succession étrange de noms ! Quelle division singulière de ces deux hémisphères de la
Lune, unis l'un à l'autre comme l'homme et la
femme, et formant cette sphère de vie, emportée
dans l'espace ! Et le fantaisiste Michel n'avait-il
pas raison d'interpréter ainsi cette fantaisie des
vieux astronomes ?

Mais tandis que son imagination courait ainsi « les mers, » ses graves compagnons considéraient plus géographiquement les choses. Ils apprenaient par cœur ce monde nouveau. Ils en mesuraient les angles et les diamètres.

Pour Barbicane et Nicholl, la Mer des Nuées était une immense dépression de terrain, semée de quelques montagnes circulaires; couvrant une grande portion de la partie occidentale de l'hémisphère sud, elle occupait cent quatre-vingt-quatre mille huit cents lieues carrées, et son centre se trouvait par 15° de latitude sud et 20° de longitude ouest. L'Océan des Tempêtes, *Oceanus Procellarum*, la plus vaste plaine du disque lunaire, embrassait une superficie de trois cent vingt-huit mille trois cents lieues carrées, son centre étant par 10° de latitude nord et 45° de longitude est. De son sein émergeaient les admirables montagnes rayonnantes de Képler et d'Aristarque.

Plus au nord et séparée de la Mer des Nuées par de hautes chaînes, s'étendait la mer des Pluies, *Mare Imbrium*, ayant son point central par 35° de latitude septentrionale et 20° de longitude orientale; elle était de forme à peu près circulaire et recouvrait un espace de cent quatre-vingt-treize mille lieues. Non loin, la Mer des Humeurs, *Mare Humorum*, petit bassin de qua-

rante-quatre mille deux cents lieues carrées seulement, était située par 25° de latitude sud et
40° de longitude est. Enfin, trois golfes se des-
sinaient encore sur le littoral de cet hémisphère,
le Golfe Torride, le Golfe de la Rosée et le Golfe
des Iris, petites plaines resserrées entre de hautes
chaines de montagnes.

L'hémisphère « féminin, » naturellement plus
capricieux, se distinguait par des mers plus petites
et plus nombreuses. C'étaient, vers le nord, la Mer
du Froid, *Mare Frigoris*, par 55° de latitude
nord et 0° de longitude, d'une superficie de soixante-seize mille lieues carrées, qui confinait au
lac de la Mort et au lac des Songes; la Mer de la
Sérénité, *Mare Serenitalis*, par 25° de latitude
nord et 20° de longitude ouest, comprenant une
superficie de quatre-vingt-six mille lieues carrées;
la Mer des Crises, *Mare Crisium*, bien délimitée, très-ronde, embrassant par 17° de latitude
nord et 55° de longitude ouest, une superficie de
quarante mille lieues carrées, véritable Caspienne
enfouie dans une ceinture de montagnes. Puis, à
l'Équateur, par 5° de latitude nord et 25° de longitude ouest, apparaissait la Mer de la Tranquillité, *Mare Tranquillitatis*, occupant cent-vingt
et un mille cinq cent neuf lieues carrées; cette
mer communiquait au sud avec la Mer du Nectar,

Mare Nectaris, étendue de vingt-huit mille huit cents lieues carrées, par 15° degrés de latitude sud et 35° de longitude ouest, et à l'est avec la Mer de la Fécondité, *Mare Fecunditatis*, la plus vaste de cet hémisphère, occupant deux cent dix-neuf mille trois cents lieues carrées, par 3o de latitude sud et 5o° de longitude ouest. Enfin, tout à fait au nord et tout à fait au sud, deux mers se distinguaient encore, la Mer de Humboldt, *Mare Humboldtianum*, d'une superficie de six mille cinq cents lieues carrées, et la Mer Australe, *Mare Australe*, sur une superficie de vingt-six milles.

Au centre du disque lunaire, à cheval sur l'Équateur et sur le méridien zéro, s'ouvrait le Golfe du Centre, *Sinus Medii*, sorte de trait d'union entre les deux hémisphères.

Ainsi se décomposait aux yeux de Nicholl et de Barbicane la surface toujours visible du satellite de la Terre. Quand ils additionnèrent ces diverses mesures, ils trouvèrent que la superficie de cet hémisphère était de quatre millions sept cent trente-huit mille cent soixante lieues carrées, dont trois millions trois cent dix-sept mille six cents lieues pour les volcans, les chaînes de montagnes, les cirques, les îles, en un mot tout ce qui semblait former la partie solide de la Lune, et quatorze cent dix mille quatre cents lieues pour les mers.

les lacs, les marais, tout ce qui semblait en former
la partie liquide. Ce qui était parfaitement indifférent au digne Michel.

Cet hémisphère, on le voit, est donc treize fois
et demi plus petit que l'hémisphère terrestre. Cependant, les sélénographes y ont déjà compté plus
de cinquante mille cratères. C'est donc une surface
boursoufflée, crevassée, une véritable écumoire,
digne de la qualification peu poétique que lui ont
donné les Anglais, de « green cheese, » c'est-à-
dire « fromage vert. »

Michel Ardan bondit quand Barbicane prononça
ce nom désobligeant.

Voilà donc comment les Anglo-Saxons, au
XIXᵉ siècle, traitaient la belle Diane, la blonde
Phœbé, l'aimable Isis, la charmante Astarté, la
reine des Nuits, la fille de Latone et de Jupiter,
la jeune sœur du radieux Apollon !

CHAPITRE XII

DÉTAILS OROGRAPHIQUES.

La direction suivie par le projectile, on l'a déjà fait observer, l'entraînait vers l'hémisphère septentrional de la Lune. Les voyageurs étaient loin de ce point central qu'ils auraient dû frapper, si leur trajectoire n'eût pas subi une déviation irrémédiable.

Il était minuit et demi. Barbicane estima alors sa distance à quatorze cents kilomètres, distance un peu supérieure à la longueur du rayon lunaire, et qui devait diminuer à mesure qu'il s'avancerait vers le pôle nord. Le projectile se trouvait alors, non à la hauteur de l'Équateur, mais par le travers du dixième parallèle, et depuis cette latitude, soigneusement relevée sur la carte jusqu'au pôle, Barbicane et ses deux compagnons purent observer la Lune dans les meilleures conditions.

En effet, par l'emploi des lunettes, cette distance de quatorze cents kilomètres était réduite à quatorze, soit quatre lieues et demi. Le télescope des Montagnes-Rocheuses rapprochait davantage la Lune, mais l'atmosphère terrestre amoindrissait singulièrement sa puissance optique. Aussi Barbicane, posté dans son projectile, sa lorgnette aux yeux, percevait-il déjà certains détails presque insaisissables aux observateurs de la Terre.

« Mes amis, dit alors le président d'une voix grave, je ne sais où nous allons, je ne sais si nous reverrons jamais le globe terrestre. Néanmoins, procédons comme si ces travaux devaient servir un jour à nos semblables. Ayons l'esprit libre de toute préoccupation. Nous sommes des astronomes. Ce boulet est un cabinet de l'observatoire de Cambridge, transporté dans l'espace. Observons. »

Cela dit, le travail fut commencé avec une précision extrême, et il reproduit fidèlement les divers aspects de la Lune aux distances variables que le projectile occupa par rapport à cet astre.

En même temps que le boulet se trouvait à la hauteur du dixième parallèle nord, il semblait suivre rigoureusement le vingtième degré de longitude est.

Ici se place une remarque importante au sujet
de la carte qui servait aux observations. Dans les
cartes sélénographiques, où, en raison du renversement des objets par les lunettes, le sud est en haut
et le nord en bas, il semblerait naturel que par suite
de cette inversion, l'est dût être placé à gauche et
l'ouest à droite. Cependant, il n'en est rien. Si la
carte était retournée et présentait la Lune telle
qu'elle s'offre aux regards, l'est serait à gauche et
l'ouest à droite, contrairement à ce qui existe dans
les cartes terrestres. Voici la raison de cette ano-
malie. Les observateurs situés dans l'hémisphère
boréal, en Europe, si l'on veut, aperçoivent la
Lune dans le sud par rapport à eux. Lorsqu'ils
l'observent, ils tournent le dos au nord, position
inverse de celle qu'ils occupent quand ils considè-
rent une carte terrestre. Puisqu'ils tournent le dos
au nord, l'est se trouve à leur gauche et l'ouest à
leur droite. Pour des observateurs situés dans
l'hémisphère austral, en Patagonie, par exemple,
l'ouest de la Lune serait parfaitement à leur
gauche et l'est à leur droite, puisque le midi est
derrière eux.

Telle est la raison de ce renversement apparent
des deux points cardinaux, et il faut en tenir
compte pour suivre les observations du président
Barbicane.

Aidé de la *Mappa selenographica* de Beer et Moedler, les voyageurs pouvaient sans hésiter re connaître la portion du disque encadré dans le champ de leur lunette.

« Que voyons-nous en ce moment ? demanda Michel.

— La partie septentrionale de la Mer des Nuées, répondit Barbicane. Nous sommes trop éloignés pour en reconnaître la nature. Ces plaines sont-elles composées de sables arides, ainsi que l'ont prétendu les premiers astronomes ? Ne sont-elles que des forêts immenses, suivant l'opinion de M. Waren de la Rue, qui accorde à la Lune une atmosphère très-basse mais très-dense, c'est ce que nous saurons plus tard. N'affirmons rien avant d'être en droit d'affirmer. »

Cette Mer des Nuées est assez douteusement délimitée sur les cartes. On suppose que cette vaste plaine est semée de blocs de laves vomis par les volcans voisins de sa partie droite, Ptolemée, Purbach, Arzachel. Mais le projectile s'avançait et se rapprochait sensiblement, et bientôt apparurent les sommets qui ferment cette mer à sa limite septentrionale. Devant se dressait une montagne rayonnante de toute beauté, dont la cime semblait perdue dans une éruption de rayons solaires.

« C'est ?... demanda Michel.

« — Copernic, répondit Barbicane.

— Voyons Copernic. »

Ce mont, situé par 9° de latitude nord et 20° de longitude est, s'élève à une hauteur de trois mille quatre cent trente huit mètres au-dessus du niveau de la surface de la Lune. Il est très-visible de la Terre, et les astronomes peuvent l'étudier parfaitement, surtout pendant la phase comprise entre le dernier quartier et la Nouvelle-Lune, parce qu'alors les ombres se projettent longuement de l'est vers l'ouest et permettent de mesurer ses hauteurs.

Ce Copernic forme le système rayonnant le plus important du disque après Tycho, situé dans l'hémisphère méridional. Il s'élève isolément, comme un phare gigantesque, sur cette portion de la Mer des Nuées qui confine à la Mer des Tempêtes, et il éclaire sous son rayonnement splendide deux océans à la fois. C'était un spectacle sans égal que celui de ces longues traînées lumineuses, si éblouissantes dans la Pleine-Lune, et qui, dépassant au nord les chaînes limitrophes, vont s'éteindre jusque dans la Mer des Pluies. A une heure du matin terrestre, le projectile, comme un ballon emporté dans l'espace, dominait cette montagne superbe.

Barbicane put en reconnaître exactement les

dispositions principales. Copernic est compris dans la série des montagnes annulaires de premier ordre, dans la division des grands cirques. D même que Képler et Aristarque, qui dominent l'Océan des Tempétes, il apparaît quelquefois comme un point brillant à travers la lumière cendrée et fut pris pour un volcan en activité. Mais ce n'est qu'un volcan éteint, ainsi que tous ceux de cette face de la Lune. Sa circonvallation présentait un diamètre de vingt-deux lieues environ. La lunette y découvrait des traces de stratifications produites par les éruptions successives, et les environs paraissaient semés de débris volcaniques dont quelques-uns se montraient encore au dedans du cratère.

« Il existe, dit Barbicane, plusieurs sortes de cirques à la surface de la Lune, et il est facile de voir que Copernic appartient au genre rayonnant. Si nous étions plus rapprochés, nous apercevrions les cônes qui le hérissent à l'intérieur, et qui furent autrefois autant de bouches ignivômes. Une disposition curieuse et sans exception sur le disque lunaire, c'est que la surface intérieure de ces cirques est notablement en contre-bas de la plaine extérieure, contrairement à la forme que présentent les cratères terrestres. Il s'ensuit donc que la courbure générale du fond de ces cirques donne une sphère d'un diamètre inférieur à celui de la Lune.

— Et pourquoi cette disposition spéciale ? demanda Nicholl.

— On ne sait, répondit Barbicane.

— Quel splendide rayonnement, répétait Michel, et j'imagine difficilement que l'on puisse voir un plus beau spectacle !

— Que diras-tu donc, répondit Barbicane, si les hasards de notre voyage nous entraînent vers l'hémisphère méridional ?

— Eh bien ! je dirai que c'est encore plus beau ! » répliqua Michel Ardan.

En ce moment le projectile dominait le cirque perpendiculairement. La circonvallation de Copernic formait un cercle presque parfait, et ses remparts très-escarpés se détachaient nettement. On distinguait même une double enceinte annulaire. Autour s'étalait une plaine grisâtre, d'aspect sauvage, sur laquelle les reliefs se détachaient en jaune. Au fond du cirque, comme enfermés dans un écrin, scintillèrent un instant deux ou trois cônes éruptifs, semblables à d'énormes gemmes éblouissantes. Vers le nord, les remparts se rabaissaient par une dépression qui eût probablement donné accès à l'intérieur du cratère.

En passant au-dessus de la plaine environnante, Barbicane put noter un grand nombre de monta-

gnes peu importantes, et entre autres une petite
montagne annulaire nommée Gay - Lussac, et
dont la largeur mesure vingt-trois kilomètres.
Vers le sud, la plaine se montrait très-plate, sans
une extumescence, sans un ressaut du sol. Vers
le nord au contraire, jusqu'à l'endroit où elle
confinait à l'Océan des Tempêtes, c'était comme
une surface liquide agitée par un ouragan, dont
les pitons et les boursouflures figuraient une
succession de lames subitement figées. Sur tout
cet ensemble et en toutes directions couraient les
traînées lumineuses qui convergeaient au sommet
de Copernic. Quelques-unes offraient une largeur
de trente kilomètres sur une longueur inévaluable.

Les voyageurs discutaient l'origine de ces
étranges rayons, et pas plus que les observateurs
terrestres, ils ne pouvaient en déterminer la nature.

« Mais pourquoi, disait Nicholl, ces rayons ne
seraient-ils pas tout simplement des contreforts de
montagnes qui réfléchissent plus vivement la
lumière du soleil?

— Non, répondit Barbicane, s'il en était ainsi,
dans certaines conditions de la Lune, ces arêtes
projetteraient des ombres. Or, elles n'en projettent
pas. »

En effet, ces rayons n'apparaissent qu'à l'époque

où l'astre du jour se place en opposition avec la Lune, et ils disparaissent dès que ses rayons deviennent obliques.

« Mais qu'a-t-on imaginé pour expliquer ces traînées de lumière ? demanda Michel, car je ne puis croire que des savants restent jamais à court d'explications !

— Oui, répondit Barbicane, Herschell a formulé une opinion, mais il n'osait l'affirmer.

— N'importe. Quelle est cette opinion ?

— Il pensait que ces rayons devaient être des courants de laves refroidis, qui resplendissaient lorsque le soleil les frappait normalement. Cela peut être, mais rien n'est moins certain. Du reste, si nous passons plus près de Tycho, nous serons mieux placés pour reconnaître la cause de ce rayonnement.

— Savez-vous, mes amis, à quoi ressemble cette plaine vue de la hauteur où nous sommes ? dit Michel.

— Non, répondit Nicholl.

— Eh bien, avec tous ces morceaux de laves allongés comme des fuseaux, elle ressemble à un immense jeu de jonchets jetés péle-mêle. Il ne manque qu'un crochet pour les retirer un à un.

— Sois donc sérieux ! dit Barbicane.

— Soyons sérieux, répliqua tranquillement

Michel, et au lieu de jonchets, mettons des osse-
ments. Cette plaine ne serait alors qu'un immense
ossuaire sur lequel reposeraient les dépouilles
mortelles de mille générations éteintes. Aime-tu
mieux cette comparaison à grand effet?

— L'une vaut l'autre, répondit Barbicane.

— Diable! tu es difficile! répliqua Michel.

— Mon digne ami, reprit le positif Barbicane,
peu importe de savoir à quoi cela ressemble, du
moment que l'on ne sait pas ce que cela est.

— Bien répondu, s'écria Michel. Cela m'ap-
prendra à raisonner avec des savants! »

Cependant, le projectile s'avançait avec une
vitesse presque uniforme en prolongeant le disque
lunaire. Les voyageurs, on l'imagine aisément,
ne songeaient pas à prendre un instant de repos.
Chaque minute déplaçait le paysage qui fuyait
sous leurs yeux. Vers une heure et demie du
matin, ils entrevirent les sommets d'une autre
montagne. Barbicane, consultant sa carte, reconnut Eratosthène.

C'était une montagne annulaire haute de quatre
mille cinq cents mètres, l'un de ces cirques si
nombreux sur le satellite. Et à ce propos, Barbicane rapporta à ses amis la singulière opinion de
Képler sur la formation de ces cirques. Suivant
le célèbre mathématicien, ces cavités cratérifor-

mes avaient dû être creusées par la main des hömmes.

« Dans quelle intention ? demanda Nicholl.

— Dans une intention bien naturelle ! répondit Barbicane. Les Sélénites auraient entrepris ces immenses travaux et creusé ces énormes trous pour s'y réfugier et se garantir des rayons solaires qui les frappent pendant quinze jours consécutifs.

— Pas bêtes ! les Sélénites, dit Michel.

— Singulière idée ! répondit Nicholl. Mais il est probable que Képler ne connaissait pas les véritables dimensions de ces cirques, car les creuser eût été un travail de géants, impraticable pour des Sélénites !

— Pourquoi, si la pesanteur à la surface de la Lune est six fois moindre que sur la Terre ? dit Michel.

— Mais si les Sélénites sont six fois plus petits ? répliqua Nicholl.

— Et s'il n'y a pas de Sélénites ! » ajouta Barbicane. Ce qui termina la discussion.

Bientôt Eratosthène disparut sous l'horizon sans que le projectile s'en fût suffisamment approché pour permettre une observation rigoureuse. Cette montagne séparait les Apennins des Karpathes.

Dans l'orographie lunaire, on a distingué quel-

ques chaînes de montagnes qui sont principale-
ment distribuées sur l'hémisphère septentrional.
Quelques-unes, cependant, occupent certaines
portions de l'hémisphère sud.

Voici le tableau de ces diverses chaînes, indi-
quées du sud au nord, avec leurs latitudes et leurs
hauteurs rapportées aux plus hautes cimes :

Monts Dœrfel.	84°		—	lat. S.	7603 mètres.
— Leibnitz	65°		—	—	7600
— Rook	20°	à	30°	—	1600
— Altaï	17°	à	28°	—	4047
— Cordillères	10°	à	20°	—	3898
— Pyrénées	8°	à	18°	—	3631
— Oural	5°	à	13°	—	838
— Alembert	4°	à	10°	—	5847
— Hæmus	8°	à	21°	lat. N.	2021
— Karpathes	15°	à	19°	—	1939
— Apennins	14°	à	27°	—	5501
— Taurus	21°	à	28°	—	2746
— Riphées	25°	à	33°	—	4171
— Hercyniens	17°	à	29°	—	1170
— Caucase	32°	à	41°	—	5567
— Alpes	42°	à	49°	—	3617

De ces diverses chaînes, la plus importante est
celle des Apennins, dont le développement est de
cent cinquante lieues, développement inférieur,
cependant, à celui des grands mouvements orographiques de la Terre. Les Apennins longent le
bord oriental de la Mer des Pluies, et se conti-

nuent au nord par les Karpathes dont le profil mesure environ cent lieues.

Les voyageurs ne purent qu'entrevoir le sommet de ces Apennins qui se dessinent depuis 10° de longitude ouest à 16° de longitude est; mais la chaîne de Karpathes s'étendit sous leurs regards du dix-huitième au trentième degré de longitude orientale, et ils purent en relever la distribution.

Une hypothèse leur parut très-justifiée. A voir cette chaîne de Karpathes affectant çà et là des formes circulaires et dominée par des pitons, ils en conclurent qu'elle formait autrefois des cirques importants. Ces anneaux montagneux avaient dû être en partie rompus par le vaste épanchement auquel est due la Mer des Pluies. Ces Karpathes étaient alors, par leur aspect, ce que seraient les cirques de Purbach, d'Arzachel et de Ptolemée, si un cataclysme jetait bas leurs remparts de gauche et les transformait en chaîne continue. Ils présentent une hauteur moyenne de trois mille deux cents mètres, hauteur comparable à celle de certains points des Pyrénées, tels que le port de Pinède. Leurs pentes méridionales s'abaissent brusquement vers l'immense Mer des Pluies.

Vers deux heures du matin, Barbicane se trouvait à la hauteur du vingtième parallèle lunaire,

non loin de cette petite montagne élevée de quinze
cent cinquante neuf mètres, qui porte le nom de
Pythias. La distance du projectile à la Lune
n'était plus que de douze cents kilomètres, ramenée à deux lieues et demie au moyen des lunettes.

Le « Mare Imbrium » s'étendait sous les yeux
des voyageurs, comme une immense dépression
dont les détails étaient encore peu saisissables.
Près d'eux, sur la gauche, se dressait le mont
Lambert, dont l'altitude est estimée à dix-huit
cent treize mètres, et plus loin, sur la limite de
l'Océan des Tempêtes, par 23° de latitude nord
et 29° de longitude est, resplendissait la montagne
rayonnante d'Euler. Ce mont, élevé de dix-huit
cent quinze mètres seulement au-dessus de la surface lunaire, avait été l'objet d'un travail intéressant de l'astronome Schroeter. Ce savant, cherchant à reconnaître l'origine des montagnes de la
Lune, s'était demandé si le volume du cratère se
montrait toujours sensiblement égal au volume
des remparts qui le formaient. Or, ce rapport
existait généralement, et Schroeter en concluait
qu'une seule éruption de matières volcaniques
avait suffi à former ces remparts, car des éruptions successives eussent altéré ce rapport. Seul,
le mont Euler démentait cette loi générale, et il
avait nécessité pour sa formation plusieurs érup-

tions successives, puisque le volume de sa cavité
était le double de celui de son enceinte.

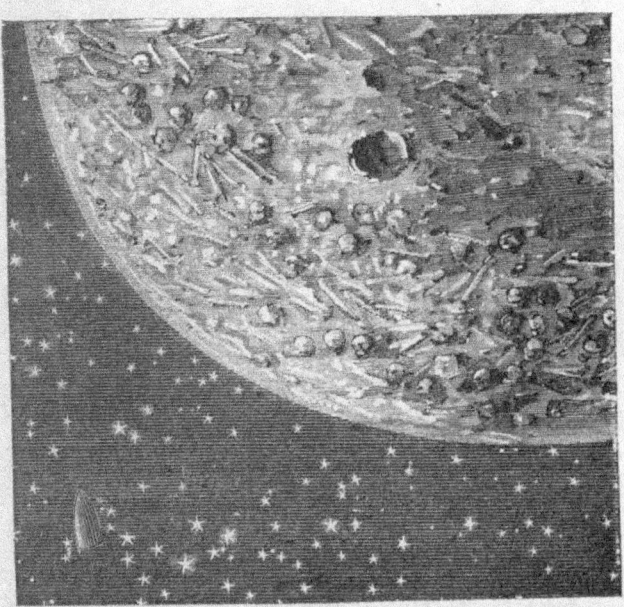

Toutes ces hypothèses étaient permises à des
observateurs terrestres que leurs instruments servaient d'une manière incomplète. Mais Barbicane ne voulait plus s'en contenter, et voyant que
son projectile se rapprochait régulièrement du
disque lunaire, il ne désespérait pas, ne pouvant
l'atteindre, de surprendre au moins les secrets de
sa formation.

CHAPITRE XIII

PAYSAGES LUNAIRES

A deux heures et demie du matin, le boulet se trouvait par le travers du trentième parallèle lunaire et à une distance effective de mille kilomètres réduite à dix par les instruments d'optique. Il semblait toujours impossible qu'il pût atteindre un point quelconque du disque. Sa vitesse de translation, relativement médiocre, était inexplicable pour le président Barbicane. A cette distance de la Lune, elle aurait dû être considérable pour le maintenir contre la force d'attraction. Il y avait donc là un phénomène dont la raison échappait encore. D'ailleurs, le temps manquait pour en chercher la cause. Le relief lunaire défilait sous les yeux des voyageurs, et ils n'en voulaient pas perdre un seul détail.

Le disque apparaissait donc dans les lunettes à une distance de deux lieues et demie. Un aéronaute, transporté à cette distance de la Terre, que distinguerait-il à sa surface? On ne saurait le dire, puisque les plus hautes ascensions n'ont pas dépassé huit mille mètres.

Voici, cependant, une exacte description de ce que voyaient, de cette hauteur, Barbicane et ses compagnons.

Des colorations assez variées apparaissaient par larges plaques sur le disque. Les sélénographes ne sont pas d'accord sur la nature de ces colorations. Elles sont diverses et assez vivement tranchées. Julius Schmidt prétend que si les océans errestres étaient mis à sec, un observateur sélénite lunaire ne distinguerait pas sur le globe, entre les océans et les plaines continentales, des nuances aussi diversement accusées que celles qui se montrent sur la Lune à un observateur terrestre. Selon lui, la couleur commune aux vastes plaines connues sous le nom de « mers, » est le gris sombre mélangé de vert et de brun. Quelques grands cratères présentent aussi cette coloration.

Barbicane connaissait cette opinion du sélénographe allemand, opinion partagée par MM. Beer et Moedler. Il constata que l'observation leur don

naît raison contre certains astronomes qui n'ad-
mettent que la coloration grise à la surface de la
Lune. En de certains espaces, la couleur verte
était vivement accusée, telle qu'elle ressort, selon
Julius Schmidt, des Mers de la Sérénité et des
Humeurs. Barbicane remarqua également de larges cratères dépourvus de cônes intérieurs, qui
jetaient une couleur bleuâtre, analogue aux reflets
d'une tôle d'acier fraîchement polie. Ces colorations appartenaient bien réellement au disque
lunaire, et ne résultaient pas, suivant le dire de
quelques astronomes, soit de l'imperfection de
l'objectif des lunettes, soit de l'interposition de l'atmosphère terrestre. Pour Barbicane, aucun doute
n'existait à cet égard. Il observait à travers le vide
et ne pouvait commettre aucune erreur d'optique.
Il considéra le fait de ces colorations diverses
comme acquis à la science. Maintenant, ces nuances de vert étaient-elles dues à une végétation tropicale, entretenue par une atmosphère
dense et basse? Il ne pouvait encore se prononcer.

Plus loin, il nota une teinte rougeâtre, très-
suffisamment accusée. Pareille nuance avait été
observée déjà sur le fond d'une enceinte isolée,
connue sous le nom de cirque de Lichtenberg,
qui est située près des monts Hercyniens sur le

bord de la Lune. Mais il ne put en reconnaître
la nature.

Il ne fut pas plus heureux à propos d'une autre
particularité du disque, car il ne put en préciser
exactement la cause. Voici cette particularité.

Michel Ardan était en observation près du président, quand il remarqua de longues lignes blanches, vivement éclairées par les rayons directs du
Soleil. C'était une succession de sillons lumineux
très-différents du rayonnement que Copernic présentait naguère. Ils s'allongeaient parallèlement
les uns aux autres.

Michel, avec son aplomb habituel, ne manqua
pas de s'écrier :

« Tiens ! des champs cultivés !

— Des champs cultivés ? répondit Nicholl ,
haussant les épaules.

— Labourés tout au moins, répliqua Michel
Ardan. Mais quels laboureurs que ces Sélénites,
et quels bœufs gigantesques ils doivent atteler à
leur charrue pour creuser de tels sillons !

— Ce ne sont pas des sillons, dit Barbicane, ce
sont des rainures.

— Va pour des rainures, répondit docilement
Michel. Seulement, qu'entend-on par des rainures
dans le monde scientifique ? »

Barbicane apprit aussitôt à son compagnon ce

qu'il savait des rainures lunaires. Il savait que
c'étaient des sillons observés sur toutes les parties
non montagneuses du disque; que ces sillons, le
plus souvent isolés, mesurent de quatre à cinquante lieues de longueur; que leur largeur varie
de mille à quinze cents mètres, et que leurs bords
sont rigoureusement parallèles. Mais il n'en savait pas davantage, ni sur leur formation ni sur
leur nature.

Barbicane, armé de sa lunette, observa ces rainures avec une extrême attention. Il remarqua
que leurs bords étaient formés de pentes extrêmement raides. C'étaient de longs remparts parallèles, et avec quelque imagination, on pouvait
croire à de longues lignes de fortification élevées
par les ingénieurs sélénites.

De ces diverses rainures, les unes étaient absolument droites et comme tirées au cordeau. D'autres présentaient une légère courbure tout en
maintenant le parallélisme de leurs bords. Celles-ci
s'entrecroisaient. Celles-là coupaient des cratères.
Ici, elles sillonnaient des cavités annulaires, telles
que Posidonius ou Petavius. Là, elles zébraient
les mers, telles que la Mer de la Sérénité.

Ces accidents naturels durent nécessairement
exercer l'imagination des astronomes terrestres.
Les premières observations ne les avaient pas dé-

couvertes, ces rainures. Ni Hévélius, ni Cassini, ni La Hire, ni Herschell, ne paraissent les avoir connues. C'est Schroeter qui, en 1789, les signala pour la première fois à l'attention des savants. D'autres suivirent qui les étudièrent, tels que Pastorff, Gruithuysen, Beer et Moedler. Aujourd'hui leur nombre s'élève à soixante-dix. Mais si on les a comptées, on n'a pas encore déterminé leur nature. Ce ne sont pas des fortifications, à coup sûr, pas plus que d'anciens lits de rivières desséchées, car, d'une part, les eaux, si légères à la surface de la Lune, n'auraient pu se creuser de tels déversoirs, et de l'autre, ces sillons traversent souvent des cratères placés à une grande élévation.

Il faut pourtant avouer que Michel Ardan eut une idée, et que, sans le savoir, il se rencontra dans cette circonstance avec Julius Schmidt.

« Pourquoi, dit-il, ces inexplicables apparences ne seraient-elles pas tout simplement des phénomènes de végétation?

— Comment l'entends-tu? demanda Barbicane.

— Ne t'emporte pas, mon digne président, épondit Michel. Ne pourrait-il se faire que ces ignes sombres qui forment l'épaulement, fussent les rangées d'arbres disposées régulièrement?

— Tu tiens donc bien à ta végétation? dit Barbicane.

— Je tiens, riposta Michel Ardan, à expliquer ce que, vous autres savants, vous n'expliquez pas! Au moins, mon hypothèse aurait l'avantage d'indiquer pourquoi ces rainures disparaissent ou semblent disparaître à des époques régulières.

— Et par quelle raison?

— Par la raison que ces arbres deviennent invisibles lorsqu'ils perdent leurs feuilles, et visibles quand ils les reprennent.

— Ton explication est ingénieuse, mon cher compagnon, répondit Barbicane, mais elle est inadmissible.

— Pourquoi?

— Parce qu'il n'y a, pour ainsi dire, pas de saison à la surface de la Lune, et que, par conséquent, les phénomènes de végétation dont tu parles ne peuvent s'y produire. »

En effet, le peu d'obliquité de l'axe lunaire y maintient le Soleil à une hauteur presque constante sous chaque latitude. Au-dessus des régions équatoriales, l'astre radieux occupe presque invariablement le zénith et ne dépasse guère la limite de l'horizon dans les régions polaires. Donc, suivant chaque région, il règne un hiver, un printemps, un été ou un automne perpétuels, ainsi que dans la planète Jupiter, dont l'axe est également peu incliné sur son orbite.

A quelle origine rapporter ces rainures? Qu.:-
tion difficile à résoudre. Elles sont certainement
postérieures à la formation des cratères et des cirques, car plusieurs s'y sont introduites en brisant
leurs remparts circulaires. Il se peut donc que,
contemporaines des dernières époques géologiques, elles ne soient dues qu'à l'expansion des
forces naturelles.

Cependant, le projectile avait atteint la hauteur
du quarantième degré de latitude lunaire, à une
distance qui ne devait pas excéder huit cents kilomètres. Les objets apparaissaient dans le champ
des lunettes, comme s'ils eussent été placés à deux
lieues seulement. A ce point, sous leurs pieds, se
dressait l'Hélicon, haut de cinq cent cinq mètres,
et sur la gauche s'arrondissaient ces hauteurs mé-
diocres qui enferment une petite portion de la Mer
des Pluies, sous le nom de Golfe des Iris.

L'atmosphère terrestre devrait être cent soixante-
dix fois plus transparente qu'elle ne l'est, pour
permettre aux astronomes de faire des observations
complètes à la surface de la Lune. Mais, dans ce
vide où flottait le projectile, aucun fluide ne s'in-
terposait entre l'œil de l'observateur et l'objet
observé. De plus, Barbicane se trouvait ramené
à une distance que n'avaient jamais donnée les
plus puissants télescopes. ni celui de John Ross,

ni celui des Montagnes-Rocheuses. Il était donc
dans des conditions extrêmement favorables pour
résoudre cette grande question de l'habitabilité de
la Lune. Cependant, cette solution lui échappait
encore. Il ne distinguait que le lit désert des
immenses plaines, et vers le nord, d'arides montagnes. Pas un ouvrage ne trahissait la main de
l'homme. Pas une ruine n'attestait son passage.
Pas une agglomération d'animaux n'indiquait que
la vie s'y développât même à un degré inférieur.
Nulle part le mouvement. Nulle part une apparence de végétation. Des trois règnes qui se par-
tagent le sphéroïde terrestre, un seul était repré-
senté sur le globe lunaire : le règne minéral.

« Ah çà ! dit Michel Ardan, d'un air un peu
décontenancé, il n'y a donc personne ?

— Non, répondit Nicholl, jusqu'ici. Pas un
homme, pas un animal, pas un arbre. Après tout,
si l'atmosphère s'est refugiée au fond des cavités,
à l'intérieur des cirques, ou même sur la face
opposée de la Lune, nous ne pouvons rien préjuger.

— D'ailleurs, ajouta Barbicane, même pour la
vue la plus perçante, un homme n'est pas visible
à une distance supérieure à sept kilomètres. Donc,
s'il y a des Sélénites, ils peuvent voir notre projectile, mais nous ne pouvons les voir. »

Vers quatre heures du matin, à la hauteur du cinquantième parallèle, la distance était réduite à six cents kilomètres. Sur la gauche se développait une ligne de montagnes capricieusement contournées, dessinées en pleine lumière. Vers la droite, au contraire, se creusait un trou noir comme un vaste puits insondable et sombre, foré dans le sol lunaire.

Ce trou, c'était le Lac Noir, c'était Platon, cirque profond, que l'on peut convenablement étudier de la Terre, entre le dernier quartier et la Nouvelle-Lune, lorsque les ombres se projettent de l'ouest vers l'est.

Cette coloration noire se rencontre rarement à la surface du satellite. On ne l'a encore reconnue que dans les profondeurs du cirque d'Endymion, à l'est de la Mer du Froid, dans l'hémisphère nord, et au fond du cirque de Grimaldi, sur l'équateur, vers le bord oriental de l'astre.

Platon est une montagne annulaire, située par 51° de latitude nord et 9° de longitude est. Son cirque est long de quatre-vingt-douze kilomètres et large de soixante-et-un. Barbicane regretta de ne point passer perpendiculairement au-dessus de sa vaste ouverture. Il y avait là un abîme à sonder, peut-être quelque mystérieux phénomène à surprendre. Mais la marche du projectile ne pouvait être modifiée. Il fallait rigoureusement la subir. On ne dirige point les ballons, encore moins les boulets, quand on est enfermé entre leurs parois.

Vers cinq heures du matin, la limite septentrionale de la Mer des Pluies était enfin dépassée. Les monts La Condamine et Fontenelle restaient, l'un sur la gauche, l'autre sur la droite. Cette partie du disque, à partir du soixantième degré, devenait absolument montagneuse. Les lunettes la rapprochaient à une lieue, distance inférieure à celle qui sépare le sommet du Mont-Blanc du niveau de la mer. Toute cette région était hérissée de pics et de cirques. Vers le soixante-dixième degré dominait Philolaus à une hauteur de trois mille sept cents mètres, ouvrant un cratère elliptique long de seize lieues, large de quatre.

Alors le disque, vu de cette distance, offrait un aspect extrêmement bizarre. Les paysages se présentaient au regard dans des conditions très-différentes de ceux de la Terre, mais très-inférieures aussi.

La Lune n'ayant pas d'atmosphère, cette absence d'enveloppe gazeuse a des conséquences déjà démontrées. Point de crépuscule à sa surface, la nuit suivant le jour et le jour suivant la nuit, avec la brusquerie d'une lampe qui s'éteint ou

s'allume au milieu d'une obscurité profonde. Pas
de transition du froid au chaud, la température
tombant en un instant du degré de l'eau bouil-
lante au degré des froids de l'espace.

Une autre conséquence de cette absence d'air
est celle-ci : C'est que les ténèbres absolues règnent
là où ne parviennent pas les rayons du Soleil. Ce
qui s'appelle lumière diffuse sur la Terre, cette
matière lumineuse que l'air tient en suspension,
qui crée les crépuscules et les aubes, qui produit les
ombres, les pénombres et toute cette magie du
clair-obscur, n'existe pas sur la Lune. De là une
brutalité de contrastes qui n'admet que deux couleurs, le noir et le blanc. Qu'un Sélénite abrite ses
yeux contre les rayons solaires, le ciel lui apparaît
absolument noir, et les étoiles brillent à ses regards, comme dans les nuits les plus sombres.

Que l'on juge de l'impression produite par cet
étrange aspect sur Barbicane et sur ses deux amis.
Leurs yeux étaient déroutés. Ils ne saisissaient
plus la distance respective des divers plans. Un
paysage lunaire, que n'adoucit point le phénomène
du clair-obscur, n'aurait pu être rendu par un
paysagiste de la Terre. Des taches d'encre sur une
page blanche, c'était tout.

Cet aspect ne se modifia pas, même quand le
projectile, à la hauteur du quatre-vingtième degré,

13

ne fut séparé de la Lune que par une distance de
cent kilomètres. Pas même quand, à cinq heures
du matin, il passa à moins de cinquante kilomètres de la montagne de Gioja, distance que les lunettes réduisaient à un demi-quart de lieue. Il semblait que la Lune pût être touchée avec la main.
Il paraissait impossible que le boulet ne la heurtât
pas avant peu, ne fût-ce qu'à son pôle nord, dont
l'arête éclatante se dessinait violemment sur le
fond noir du ciel. Michel Ardan voulait ouvrir un
des hublots et se précipiter vers la surface lunaire.
Une chute de douze lieues! Il n'y regardait pas.
Tentative inutile, d'ailleurs, car si le projectile ne
devait pas atteindre un point quelconque du satellite, Michel, emporté dans son mouvement, ne
l'eût pas atteint plus que lui.

En ce moment, à six heures, le pôle lunaire apparaissait. Le disque n'offrait plus aux regards des
voyageurs qu'une moitié violemment éclairée,
tandis que l'autre disparaissait dans les ténèbres.
Soudain, le projectile dépassa la ligne de démarca-
tion entre la lumière intense et l'ombre absolue,
et fut subitement plongé dans une nuit profonde.

CHAPITRE XIV

LA NUIT DE TROIS CENT CINQUANTE-QUATRE
HEURES ET DEMIE.

Au moment où se produisit si brusquement ce
phénomène, le projectile rasait le pôle nord de la
Lune à moins de cinquante kilomètres. Quelques
secondes lui avaient donc suffi pour se plonger
dans les ténèbres absolues de l'espace. La transition
s'était si rapidement opérée, sans nuances, sans
dégradation de lumière, sans atténuation des ondulations lumineuses, que l'astre semblait s'être
éteint sous l'influence d'un souffle puissant.

« Fondue, disparue, la Lune ! » s'était écrié Michel Ardan tout ébahi.

En effet, ni un reflet, ni une ombre, rien n'apparaissait plus de ce disque naguère éblouissant.
L'obscurité était complète et rendue plus profonde
encore par le rayonnement des étoiles. C'était « ce

noir » dont s'imprègnent les nuits lunaires qui durent trois cent cinquante-quatre heures et demie pour chaque point du disque, longue nuit qui résulte de l'égalité des mouvements de translation et de rotation de la Lune, l'un sur elle-même, l'autre autour de la Terre. Le projectile, immergé dans le cône d'ombre du satellite, ne subissait pas plus l'action des rayons solaires qu'aucun des points de sa partie invisible.

A l'intérieur, l'obscurité était donc complète. On ne se voyait plus. De là, nécessité de dissiper ces ténèbres. Quelque désireux que fût Barbicane de ménager le gaz dont la réserve était si restreinte, il dut lui demander une clarté factice, un éclat dispendieux que le Soleil lui refusait alors.

« Le diable soit de l'astre radieux! s'écria Michel Ardan, qui va nous induire en dépense de gaz au lieu de nous prodiguer gratuitement ses rayons.

— N'accusons pas le Soleil, reprit Nicholl. Ce n'est pas sa faute, mais bien la faute à la Lune qui est venue se placer comme un écran entre nous et lui.

— C'est le Soleil! reprenait Michel.

— C'est la Lune! » ripostait Nicholl.

Une dispute oiseuse à laquelle Barbicane mit fin, en disant :

« Mes amis, ce n'est ni la faute au Soleil, ni la faute à la Lune. C'est la faute au projectile, qui, au lieu de suivre rigoureusement sa trajectoire, s'en est maladroitement écarté. Et, pour être plus juste, c'est la faute à ce malencontreux bolide qui a si déplorablement dévié notre direction première.

— Bon! répondit Michel Ardan, puisque l'affaire est arrangée, déjeunons. Après une nuit entière d'observations, il convient de se refaire un peu. »

Cette proposition ne trouva pas de contradicteurs. Michel, en quelques minutes, eut préparé le repas. Mais on mangea pour manger, on but sans porter de toasts, sans pousser de hurrahs. Les hardis voyageurs, entraînés dans ces sombres espaces, sans leur cortége habituel de rayons, sentaient une vague inquiétude leur monter au cœur. L'ombre « farouche », si chère à la plume de Victor Hugo, les étreignait de toutes parts.

Cependant ils causèrent de cette interminable nuit de trois cent cinquante-quatre heures, soit près de quinze jours, que les lois physiques ont imposée aux habitants de la Lune. Barbicane donna à ses amis quelques explications sur les causes et les conséquences de ce curieux phénomène.

« Curieux à coup sûr, dit-il, car si chaque hé-

misphère de la Lune est privé de la lumière solaire pendant quinze jours, celui au-dessus duquel
nous flottons en ce moment ne jouit même pas,
pendant sa longue nuit, de la vue de la Terre
splendidement éclairée. En un mot, il n'y a de
Lune, — en appliquant cette qualification à notre
sphéroïde, — que pour un côté du disque. Or,
s'il en était ainsi pour la Terre, si par exemple
l'Europe ne voyait jamais la Lune, et qu'elle fût
visible seulement à ses antipodes, vous figurez-
vous quel serait l'étonnement d'un Européen qui
arriverait en Australie?

— On ferait le voyage rien que pour aller voir
la Lune! répondit Michel.

— Eh bien, reprit Barbicane, cet étonnement
est réservé au Sélénite qui habite la face de la
Lune opposée à la Terre, face à jamais invisible
à nos compatriotes du globe terrestre.

— Et que nous aurions vue, ajouta Nicholl, si
nous étions arrivés ici à l'époque où la Lune est
nouvelle, c'est-à dire quinze jours plus tard.

— J'ajouterai, en revanche, reprit Barbicane,
que l'habitant de la face visible est singulièrement
favorisé de la nature au détriment de ses frères de
la face invisible. Ce dernier, comme vous le voyez,
a des nuits profondes de trois cent cinquante-quatre
heures, sans qu'aucun rayon en rompe l'obscurité.

L'autre, au contraire, lorsque le Soleil qui l'a éclairé pendant quinze jours se couche sous l'horizon, voit se lever à l'horizon opposé un astre splendide. C'est la Terre, treize fois grosse comme cette lune réduite que nous connaissons ; la Terre, qui se développe sur un diamètre de deux degrés, et qui lui verse une lumière treize fois plus intense que ne tempère aucune couche atmosphérique ; la Terre, dont la disparition n'arrive qu'au moment où le Soleil reparaît à son tour.

— Belle phrase ! dit Michel Ardan, un peu académique peut-être.

— Il suit de là, reprit Barbicane sans sourciller, que cette face visible du disque doit être fort agréable à habiter, puisqu'elle regarde toujours soit le Soleil quand la Lune est pleine, soit la Terre quand la Lune est nouvelle.

— Mais, dit Nicholl, cet avantage doit être bien compensé par l'insoutenable chaleur que cette lumière entraîne avec elle.

— L'inconvénient, sous ce rapport, est le même pour les deux faces, car la lumière reflétée par la Terre est évidemment dépourvue de chaleur. Cependant cette face invisible est encore plus éprouvée par la chaleur que la face visible. Je dis cela pour vous, Nicholl, parce que Michel ne comprendra probablement pas.

— Merci, fit Michel.

— En effet , reprit Barbicane , lorsque cette face invisible reçoit à la fois la lumière et la chaleur solaire, c'est que la Lune est nouvelle, c'est-à-dire qu'elle est en conjonction, qu'elle est située entre le Soleil et la Terre. Elle se trouve donc, — par rapport à la situation qu'elle occupe en opposition, lorsqu'elle est pleine, — plus rapprochée du Soleil du double de sa distance à la Terre. Or, cette distance peut être estimée à la deux centième partie de celle qui sépare le Soleil de la Terre, soit, en chiffres ronds, deux cent mille lieues. Donc cette face invisible est plus près du Soleil de deux cent mille lieues lorsqu'elle reçoit ses *rayons.*

— Très-juste, répondit Nicholl.

— Au contraire..., reprit Barbicane.

— Un instant, dit Michel, en interrompant son grave compagnon.

— Que veux-tu ?

— Je demande à continuer l'explication.

— Pourquoi cela ?

— Pour prouver que j'ai compris.

— Va, fit Barbicane en souriant.

— Au contraire, dit Michel, en imitant le ton et les gestes du président Barbicane, au contraire, quand la face visible de la Lune est éclairée par le Soleil, c'est que la Lune est pleine, c'est-à-dire située à l'opposé du Soleil par rapport à la Terre. La distance qui la sépare de l'astre radieux est donc accrue, en chiffres ronds, de deux cent mille lieues, et la chaleur qu'elle reçoit doit être un peu moindre.

— Bien dit! s'écria Barbicane. Sais-tu, Michel, que, pour un artiste, tu es intelligent.

— Oui, répondit négligemment Michel, nous sommes tous comme cela sur le boulevard des Italiens! »

Barbicane serra gravement la main de son aimable compagnon, et continua d'énumérer les quelques avantages réservés aux habitants de la face visible.

Entre autres, il cita l'observation des éclipses de Soleil, qui n'a lieu que pour ce côté du disque lunaire, puisque, pour qu'elles se produisent, il est nécessaire que la Lune soit en opposition. Ces éclipses, provoquées par l'interposition de la Terre entre la Lune et le Soleil, peuvent durer deux heures, pendant lesquelles, en raison des rayons réfractés par son atmosphère, le globe terrestre ne doit apparaître que comme un point noir sur le Soleil.

« Ainsi, dit Nicholl, voilà un hémisphère, cet hémisphère invisible, qui est fort mal partagé, fort disgracié de la nature.

— Oui, répondit Barbicane, mais pas tout entier. En effet, par un certain mouvement de libration, par un certain balancement sur son centre, la Lune présente à la Terre un peu plus que la moitié de son disque. Elle est comme un pendule dont le centre de gravité est reporté vers le globe terrestre, et qui oscille régulièrement. D'où vient cette oscillation? De ce que son mouvement de rotation sur son axe est animé d'une vitesse uniforme, tandis que son mouvement de translation, suivant un orbe elliptique autour de la Terre, ne l'est pas. Au périgée, la vitesse de translation l'emporte, et la Lune montre une certaine portion de son bord occidental. A l'apogée, la vitesse de rotation l'emporte au contraire, et un morceau du bord oriental apparaît. C'est un fuseau de huit degrés environ qui apparaît tantôt à l'occident, tantôt à l'orient. Il en résulte que, sur mille parties, la Lune en laisse apercevoir cinq cent soixante-neuf.

— N'importe, répondit Michel, si nous devenons jamais Sélénites, nous habiterons la face visible. J'aime la lumière, moi!

— A moins, toutefois, répliqua Nicholl, que l'atmosphère ne se soit condensée sur l'autre côté, comme le prétendent certains astronomes.

— Ça, c'est une considération, » répondit simplement Michel.

Cependant, le déjeuner terminé, les observateurs
avaient repris leur poste. Ils essayaient de voir à
travers les sombres hublots, en éteignant toute
clarté dans le projectile. Mais pas un atome lumineux ne traversait cette obscurité.

Un fait inexplicable préoccupait Barbicane.
Comment, étant passé à une distance si rapprochée de la Lune, — cinquante kilomètres environ,
— comment le projectile n'y était-il pas tombé? Si
sa vitesse eût été énorme, on aurait compris que
la chute ne se fût pas produite. Mais avec une
vitesse relativement médiocre, cette résistance à
l'attraction lunaire ne s'expliquait plus. Le projectile était-il soumis à une influence étrangère?
Un corps quelconque le maintenait-il donc dans
l'éther ? Il était évident, désormais, qu'il n'atteindrait aucun point de la Lune. Où allait-il ? S'é-
loignait-il, se rapprochait-il du disque? Était-il
emporté dans cette nuit profonde à travers l'infini?
Comment le savoir, comment le calculer au milieu de ces ténèbres? Toutes ces questions inquiétaient Barbicane, mais il ne pouvait les résoudre.

En effet, l'astre invisible était là, peut-être, à
quelques lieues seulement, à quelques milles,
mais ni ses compagnons ni lui ne l'apercevaient

plus. Si quelque bruit se produisait à sa surface, ils ne pouvaient l'entendre. L'air, ce véhicule du son, manquait pour leur transmettre les gémissements de cette Lune que les légendes arabes désignent comme « un homme déjà moitié granit et palpitant encore! »

Il y avait là de quoi agacer de plus patients observateurs, on en conviendra. C'était precisément cet hémisphère inconnu qui se dérobait à leurs yeux! Cette face, qui quinze, jours plus tôt ou quinze jours plus tard, avait été ou serait splendidement éclairée par les rayons solaires, se perdait alors dans l'absolue obscurité. Dans quinze jours, où serait le projectile? Où les hasards des attractions l'auraient-ils entraîné? Qui pouvait le dire?

On admet généralement, d'après les observations sélénographiques, que l'hémisphère invisible de la Lune est, par sa constitution, absolument semblable à son hémisphère visible. On en découvre, en effet, la septième partie environ, dans ces mouvements de libration dont Barbicane avait parlé. Or, sur ces fuseaux entrevus, ce n'étaient que plaines et montagnes, cirques et cratères, analogues à ceux déjà relevés sur les cartes. On pouvait donc préjuger la même nature, un même monde, aride et mort. Et cependant, si l'atmos-

phère s'est réfugiée sur cette face ? Si, avec l'air,
l'eau a donné la vie à ces continents régénérés ? Si
la végétation y persiste encore? Si les animaux
peuplent ces continents et ces mers? Si l'homme
dans ces conditions d'habitabilité y vit toujours?
Que de questions il eût été intéressant de résoudre!
Que de solutions on eût tirées de la contemplation
de cet hémisphère! Quel ravissement de jeter un
regard sur ce monde que l'œil humain n'a jamais
entrevu!

On conçoit donc le déplaisir éprouvé par les
voyageurs, au milieu de cette nuit noire. Toute
observation du disque lunaire était interdite. Seules, les constellations sollicitaient leur regard, et il
faut convenir que jamais astronomes, ni les Faye,
ni les Chacornac, ni les Secchi, ne s'étaient trou-
vés dans des conditions aussi favorables pour les
observer.

En effet, rien ne pouvait égaler la splendeur de
ce monde sidéral baigné dans le limpide éther. Ces
diamants incrustés dans la voûte céleste jetaient
des feux superbes. Le regard embrassait le firmament depuis la Croix du Sud jusqu'à l'Étoile du
Nord, ces deux constellations qui, dans douze
mille ans, par suite de la précession des équinoxes,
céderont leur rôle d'étoiles polaires, l'une à Ca-
nopus de l'hémisphère austral, l'autre à Wega de

l'hémisphère boréal. L'imagination se perdait
dans cet infini sublime, au milieu duquel gravi-
tait le projectile, comme un nouvel astre créé de
la main des hommes. Par un effet naturel, ces
constellations brillaient d'un éclat doux ; elles ne
scintillaient pas, car l'atmosphère manquait, qui,
par l'interposition de ses couches inégalement
denses et diversement humides, produit la scin-
tillation. Ces étoiles, c'étaient de doux yeux qui
regardaient dans cette nuit profonde, au milieu
du silence absolu de l'espace.

Longtemps les voyageurs, muets, observèrent
ainsi le firmament constellé, sur lequel le vaste
écran de la Lune faisait un énorme trou noir.
Mais une sensation pénible les arracha enfin à
leur contemplation. Ce fut un froid très-vif, qui
ne tarda pas à recouvrir intérieurement la vitre
des hublots d'une épaisse couche de glace. En
effet, le soleil n'échauffait plus de ses rayons directs le projectile qui perdait peu à peu la chaleur
emmagasinée entre ses parois. Cette chaleur, par
rayonnement, s'était rapidement évaporée dans l'espace, et un abaissement considérable de température s'était produit. L'humidité intérieure se
changeait donc en glace au contact des vitres, et
empêchait toute observation.

Nicholl, consultant le thermomètre, vit qu'il

était tombé à dix-sept degrés centigrades au-dessous de zéro. Donc, malgré toutes les raisons de
s'en montrer économe, Barbicane, après avoir
demandé au gaz sa lumière, dut aussi lui demander sa chaleur. La température basse du boulet
n'était plus supportable. Ses hôtes eussent été
gelés vivants.

« Nous ne nous plaindrons pas, fit observer Michel Ardan, de la monotonie de notre voyage!
Quelle diversité, au moins dans la température!
Tantôt nous sommes aveuglés de lumière et satu-
rés de chaleur, comme les Indiens des Pampas!
Tantôt, nous voici plongés dans de profondes ténèbres au milieu d'un froid boréal, comme les
Esquimaux du pôle! Non vraiment! Nous n'avons
pas le droit de nous plaindre, et la nature fait
bien les choses en notre honneur.

— Mais, demanda Nicholl, quelle est la température extérieure?

— Précisément celle des espaces planétaires, répondit Barbicane.

— Alors, reprit Michel Ardan, ne serait-ce pas
l'occasion de faire cette expérience que nous n'a-
vons pu tenter, quand nous étions noyés dans les
rayons solaires?

— C'est le moment ou jamais, répondit Barbicane, car nous sommes utilement placés pour vé-

rifier la température de l'espace, et voir si les calculs de Fourier ou de Pouillet sont exacts.

— En tout cas, il fait froid, répondit Michel! Voyez l'humidité intérieure se condenser sur la vitre des hublots. Pour peu que l'abaissement continue, la vapeur de notre respiration va retomber en neige autour de nous!

— Préparons un thermomètre, » dit Barbicane.

On le pense bien, un thermomètre ordinaire n'eût donné aucun résultat dans les circonstances où cet instrument allait être exposé. Le mercure se fût gelé dans la cuvette, puisque sa liquidité ne se maintient pas à quarante-deux degrés au-dessous de zéro. Mais Barbicane s'était muni d'un thermomètre à déversement, du système Walferdin, qui donne des minima de température excessivement bas.

Avant de commencer l'expérience, cet instrument fut comparé à un thermomètre ordinaire, et Barbicane se disposa à l'employer.

« Comment nous y prendrons-nous? demanda Nicholl?

— Rien n'est plus facile, répondit Michel Ardan, qui n'était jamais embarrassé. On ouvre rapidement le hublot; on lance l'instrument; il suit le projectile avec une docilité exemplaire; un quart d'heure après, on le retire...

LA VAPEUR DE NOTRE RESPIRATION... (PAGE 200.)

14

— Avec la main? demanda Barbicane.

— Avec la main, répondit Michel.

— Eh bien, mon ami, ne t'y expose pas, répondit Barbicane, car la main que tu retirerais ne serait plus qu'un moignon gelé et déformé par ces froids épouvantables.

— Vraiment!

— Tu éprouverais la sensation d'une brûlure terrible, telle que serait celle d'un fer chauffé à blanc; car, que la chaleur sorte brutalement de notre chair, ou qu'elle y entre, c'est identiquement la même chose. D'ailleurs, je ne suis pas certain que les objets jetés par nous au dehors du projectile nous fassent encore cortége.

— Pourquoi? dit Nicholl.

— C'est que, si nous traversons une atmosphère, quelque peu dense qu'elle soit, ces objets seront retardés. Or, l'obscurité nous empêche de vérifier s'ils flottent encore autour de nous. Donc, pour ne pas s'exposer à perdre notre thermomètre, nous l'attacherons et nous le ramènerons plus facilement à l'intérieur. »

Les conseils de Barbicane furent suivis. Par le hublot rapidement ouvert, Nicholl lança l'instrument que retenait une corde très-courte, afin qu'il pût être rapidement retiré. Le hublot n'avait été entr'ouvert qu'une seconde, et cependant cette seconde avait suffi pour laisser un froid violent pénétrer à l'intérieur du projectile.

« Mille diables ! s'écria Michel Ardan, il fait un froid à geler des ours blancs ! »

Barbicane attendit qu'une demi-heure se fût écoulée, temps plus que suffisant pour permettre à l'instrument de descendre au niveau de la température de l'espace. Puis, après ce temps, le thermomètre fut rapidement retiré.

Barbicane calcula la quantité de mercure déversée dans la petite ampoule soudée à la partie inférieure de l'instrument, et dit :

« Cent quarante degrés centigrades au-dessous de zéro ! »

M. Pouillet avait raison contre Fourier. Telle était l'effroyante température de l'espace sidéral. Telle, peut-être, celle des continents lunaires, quand l'astre des nuits a perdu par rayonnement toute cette chaleur que lui ont versée quinze jours de soleil.

CHAPITRE XV

HYPERBOLE OU PARABOLE

On s'étonnera peut-être de voir Barbicane et ses compagnons si peu soucieux de l'avenir que leur réservait cette prison de métal emportée dans les infinis de l'éther. Au lieu de se demander où ils allaient ainsi, ils passaient leur temps à faire des expériences, comme s'ils eussent été tranquillement installés dans leur cabinet de travail.

On pourrait répondre que des hommes si fortement trempés étaient au-dessus de pareils soucis, qu'ils ne s'inquiétaient pas de si peu, et qu'ils avaient toute autre chose à faire que de se préoccuper de leur sort futur.

La vérité est qu'ils n'étaient pas maîtres de leur projectile, qu'ils ne pouvaient ni enrayer sa marche ni modifier sa direction. Un marin change

à son gré le cap de son navire; un aéronaute peut
imprimer à son ballon des mouvements verticaux.
Eux, au contraire, ils n'avaient aucune action
sur leur véhicule. Toute manœuvre leur était interdite. De là cette disposition à laisser faire, à
« laisser courir, » suivant l'expression maritime.

Où se trouvaient-ils en ce moment, à huit
heures du matin, pendant cette journée qui s'appelait le 6 décembre sur la Terre? Très-certainement dans le voisinage de la Lune, et même assez
près pour qu'elle leur parût comme un immense
écran noir développé sur le firmament. Quant à la
distance qui les en séparait, il était impossible de
l'évaluer. Le projectile, maintenu par des forces
inexplicables, avait rasé le pôle nord du satellite à
moins de cinquante kilomètres. Mais, depuis deux
heures qu'il était entré dans le cone d'ombre, cette
distance, l'avait-il accrue ou diminuée? Tout
point de repère manquait pour estimer et la direction et la vitesse du projectile. Peut-être s'éloi-
gnait-il rapidement du disque, de manière à
bientôt sortir de l'ombre pure. Peut-être, au contraire, s'en rapprochait-il sensiblement, au point
de heurter avant peu quelque pic élevé de l'hémisphère invisible : ce qui eût terminé le voyage,
sans doute au détriment des voyageurs.

Une discussion s'éleva à ce sujet, et Michel

Ardan, toujours riche d'explications, émit cette opinion que le boulet, retenu par l'attraction lunaire, finirait par y tomber comme tombe un aérolithe à la surface du globe terrestre.

« D'abord, mon camarade, lui répondit Barbicane, tous les aérolithes ne tombent pas sur la Terre. C'est le petit nombre. Donc, de ce que nous serions passés à l'état d'aérolithe, il ne s'en suivrait pas que nous dussions atteindre nécessairement la surface de la Lune.

— Cependant, répondit Michel, si nous en approchons assez près...

— Erreur, répliqua Barbicane. N'as-tu pas vu des étoiles filantes rayer le ciel par milliers à certaines époques?

— Oui.

— Eh bien, ces étoiles, ou plutôt ces corpuscules, ne brillent qu'à la condition de s'échauffer en glissant sur les couches atmosphériques. Or, s'ils traversent l'atmosphère, ils passent à moins de seize lieues du globe, et cependant ils y tombent rarement. De même pour notre projectile. Il peut s'approcher très-près de la Lune, et cependant n'y point tomber.

— Mais alors, demanda Michel, je serais assez curieux de savoir comment notre véhicule errant se comportera dans l'espace.

— Je ne vois que deux hypothèses, répondit Barbicane, après quelques instants de réflexion.

— Lesquelles?

— Le projectile a le choix entre deux courbes mathématiques, et il suivra l'une ou l'autre, suivant la vitesse dont il sera animé et que je ne saurais évaluer en ce moment.

— Oui, dit Nicholl, il s'en ira suivant une parabole ou suivant une hyperbole.

— En effet, répondit Barbicane. Avec une certaine vitesse il prendra la parabole, et l'hyperbole avec une vitesse plus considérable.

— J'aime ces grands mots, s'écria Michel Ardan. On sait tout de suite ce que cela veut dire. Et qu'est-ce que c'est que votre parabole, s'il vous plaît?

— Mon ami, répondit le capitaine, la parabole est une courbe de second ordre qui résulte de la section d'un cône coupé par un plan, parallèlement à l'un de ses côtés.

— Ah! ah! fit Michel d'un ton satisfait.

— C'est à peu près, reprit Nicholl, la trajectoire que décrit une bombe lancée par un mortier.

— Parfait. Et l'hyperbole? demanda Michel.

— L'hyperbole, Michel, est une courbe du second ordre, produite par l'intersection d'une surface conique et d'un plan parallèle à son axe, et qui constitue deux branches séparées l'une de l'autre et s'étendant indéfiniment dans les deux sens.

— Est-il possible ! s'écria Michel Ardan, du ton le plus sérieux, comme si on lui eût appris un événement grave. Alors retiens bien ceci, capitaine Nicholl. Ce que j'aime dans ta définition de l'hyperbole, — j'allais dire de l'hyperblague, — c'est qu'elle est encore moins claire que le mot que tu prétends définir ! »

Nicholl et Barbicane se souciaient peu des plaisanteries de Michel Ardan. Ils s'étaient lancés dans une discussion scientifique. Quelle serait la courbe suivie par le projectile, voilà ce qui les passionnait. L'un tenait pour l'hyperbole, l'autre pour la parabole. Ils se donnaient des raisons hérissées d'*x*. Leurs arguments étaient présentés dans un langage qui faisait bondir Michel. La discussion était vive, et aucun des adversaires ne voulait sacrifier à l'autre sa courbe de prédilection.

Cette scientifique dispute, se prolongeant, finit par impatienter Michel, qui dit :

« Ah çà! messieurs du cosinus, cesserez-vous enfin de vous jeter des paraboles et des hyperboles à la tête ? Je veux savoir, moi, la seule chose intéressante dans cette affaire. Nous suivrons l'une ou

l'autre de vos courbes. Bien. Mais où nous amè
neront-elles ?

— Nulle part, répondit Nicholl.

— Comment, nulle part !

— Évidemment, dit Barbicane. Ce sont des
courbes non fermées, qui se prolongent à l'infini !

— Ah ! savants ! s'écria Michel, je vous porte
dans mon cœur ! Eh ! que nous importent la parabole ou l'hyperbole, du moment où l'une et
l'autre nous entraînent également à l'infini dans
l'espace ! »

Barbicane et Nicholl ne purent s'empêcher de
sourire. Ils venaient de faire « de l'art pour l'art ! »
Jamais question plus oiseuse n'avait été traitée
dans un moment plus inopportun. La sinistre
vérité, c'était que le projectile, hyperboliquement
ou paraboliquement emporté, ne devait plus jamais rencontrer ni la Terre ni la Lune.

Or, qu'arriverait-il à ces hardis voyageurs dans
un avenir très-prochain ? S'ils ne mouraient pas
de faim, s'ils ne mouraient pas de soif, c'est que,
dans quelques jours, lorsque le gaz leur manquerait, ils seraient morts faute d'air, si le froid ne les
avait pas tués auparavant !

Cependant, si important qu'il fût d'économiser
le gaz, l'abaissement excessif de la température
ambiante les obligea d'en consommer une certaine

quantité Rigoureusement, ils pouvaient se passer
de sa lumière, non de sa chaleur. Fort heureusement, le calorique développé par l'appareil Reise
et Regnaut élevait un peu la température intérieure du projectile, et, sans grande dépense, on
put la maintenir à un degré supportable.

Cependant, les observations étaient devenues
très-difficiles à travers les hublots. L'humidité intérieure du boulet se condensait sur les vitres et s'y
congelait immédiatement. Il fallait détruire cette
opacité du verre par des frottements réitérés. Toutefois, on put constater certains phénomènes du
plus haut intérêt.

En effet, si ce disque invisible était pourvu
d'une atmosphère, ne devait-on pas voir des étoiles
filantes la rayer de leurs trajectoires? Si le projectile
lui-même traversait ces couches fluides, ne pour-
rait-on surprendre quelque bruit répercuté par les
échos lunaires, les grondements d'un orage, par
exemple, les fracas d'une avalanche, les déto-
nations d'un volcan en activité? Et si quelque
montagne ignivome se panachait d'éclairs, n'en
reconnaîtrait-on pas les intenses fulgurations
De tels faits, soigneusement constatés, eussent
singulièrement élucidé cette obscure question de
la constitution lunaire. Aussi, Barbicane, Nicholl,
postés à leur hublot comme des astronomes,

observaient-ils avec une scrupuleuse patience.

Mais jusqu'alors, le disque demeurait muet et sombre. Il ne répondait pas aux interrogations multiples que lui posaient ces esprits ardents.

Ce qui provoqua cette réflexion de Michel, assez juste en apparence :

« Si jamais nous recommençons ce voyage, nous ferons bien de choisir l'époque où la Lune est nouvelle.

— En effet, répondit Nicholl, cette circonstance serait plus favorable. Je conviens que la Lune, noyée dans les rayons solaires, ne serait pas visible pendant le trajet, mais en revanche, on apercevrait la Terre qui serait pleine. De plus, si nous étions entraînés autour de la Lune, comme il arrive en ce moment, nous aurions au moins l'avantage d'en voir le disque invisible magnifiquement éclairé !

— Bien dit, Nicholl, répliqua Michel Ardan. Qu'en penses-tu, Barbicane ?

— Je pense ceci, répondit le grave président : Si jamais nous recommençons ce voyage, nous partirons à la même époque et dans les mêmes conditions. Supposez que nous eussions atteint notre but, n'eût-il pas mieux valu trouver des continents en pleine lumière au lieu d'une contrée plongée dans une nuit obscure ? Notre première

installation ne se fût-elle pas faite dans des circonstances meilleures? Oui, évidemment. Quant
à ce côté invisible, nous l'eussions visité pendant
nos voyages de reconnaissance sur le globe lunaire.
Donc, cette époque de la Pleine-Lune était heureusement choisie. Mais il fallait arriver au but,
et pour y arriver, ne pas être dévié de sa route.

— A cela, rien à répondre, dit Michel Ardan.
Voilà pourtant une belle occasion manquée d'observer l'autre côté de la Lune! Qui sait si les
habitants des autres planètes ne sont pas plus
avancés que les savants de la Terre au sujet de
leurs satellites. »

On aurait pu facilement, à cette remarque de
Michel Ardan, faire la réponse suivante : Oui,
d'autres satellites, par leur plus grande proximité,
ont rendu leur étude plus facile. Les habitants de
Saturne, de Jupiter et d'Uranus, s'ils existent,
ont pu établir avec leurs Lunes des communications plus aisées. Les quatre satellites de Jupiter
gravitent à une distance de cent huit mille deux
cent soixante lieues, cent soixante-douze mille
deux cents lieues, deux cent soixante-quatorze
mille sept cents lieues, et quatre cent quatre-
vingt mille cent trente lieues. Mais ces distances
sont comptées du centre de la planète, et, en re-
tranchant la longueur du rayon qui est de dix-sept

à dix-huit mille lieues, on voit que le premier satellite est moins éloigné de la surface de Jupiter que la Lune ne l'est de la surface de la Terre. Sur les huit Lunes de Saturne, quatre sont également plus rapprochées : Diane à quatre-vingt-quatre mille six cents lieues, Thétys à soixante-deux mille neuf cent soixante-six lieues, Encelade à quarante-huit mille cent quatre-vingt-onze lieues, et enfin Mimas à une distance moyenne de trente-quatre mille cinq cents lieues seulement. Des huit satellites d'Uranus, le premier, Ariel, n'est qu'à cinquante et un mille cinq cent vingt lieues de la planète.

Donc, à la surface de ces trois astres, une expérience analogue à celle du président Barbicane eût présenté des difficultés moindres. Si donc leurs habitants ont tenté l'aventure, ils ont peut-être reconnu la constitution de la moitié de ce disque, que leur satellite dérobe éternellement à leurs yeux (1). Mais s'ils n'ont jamais quitté leur planète, ils ne sont pas plus avancés que les astronomes de la Terre.

1. Herschell, en effet, a constaté que pour les satellites, le mouvement de rotation sur leur axe est toujours égal au mouvement de révolution autour de la planète. Par conséquent, ils lui présentent toujours la même face. Seul, le monde d'Uranus offre une différence assez marquée : le

Cependant, le boulet décrivait dans l'ombre cette incalculable trajectoire qu'aucun point de repère ne permettait de relever. Sa direction s'était-elle modifiée, soit sous l'influence de l'attraction lunaire, soit sous l'action d'un astre inconnu ? Barbicane ne pouvait le dire. Mais un changement avait eu lieu dans la position relative du véhicule, et Barbicane le constata vers quatre heures du matin.

Ce changement consistait en ceci, que le culot du projectile s'était tourné vers la surface de la Lune et se maintenait suivant une perpendiculaire passant par son axe. L'attraction, c'est à dire la pesanteur, avait amené cette modification. La partie la plus lourde du boulet inclinait vers le disque invisible, exactement comme s'il fût tombé vers lui.

Tombait-il donc ? Les voyageurs allaient enfin atteindre ce but tant désiré. Non. Et l'observation d'un point de repère , assez inexplicable du reste, vint démontrer à Barbicane que son projectile ne se rapprochait pas de la Lune, et qu'il se déplaçait

mouvements de ses Lunes s'effectuent dans une direction presque perpendiculaire au plan de l'orbite, et la direction de ses mouvements est rétrograde, c'est-à-dire que ces satellites se meuvent en sens inverse des autres astres du monde solaire.

en suivant une courbe à peu près concentrique

Ce point de repère fut un éclat lumineux que Nicholl signala tout à coup sur la limite de l'horizon formé par le disque noir. Ce point ne pouvait être confondu avec une étoile. C'était une incandescence rougeâtre qui grossissait peu à peu, preuve incontestable que le projectile se déplaçait vers lui et ne tombait pas normalement à la surface de l'astre.

« Un volcan ! c'est un volcan en activité ! s'écria Nicholl, un épanchement des feux intérieurs de la Lune. Ce monde n'est donc pas encore tout à fait éteint.

— Oui ! une éruption, répondit Barbicane, qui étudiait soigneusement le phénomène avec sa lunette de nuit. Que serait-ce en effet, si ce n'était un volcan ?

— Mais alors, dit Michel Ardan, pour entretenir cette combustion, il faut de l'air. Donc, une atmosphère enveloppe cette partie de la Lune.

— Peut-être, répondit Barbicane, mais non pas nécessairement. Le volcan, par la décomposition de certaines matières, peut se fournir à lui-même son oxygène et jeter ainsi des flammes dans le vide. Il me semble même que cette déflagration a l'intensité et l'éclat des objets dont la combustion se produit dans l'oxygène pur. Ne nous hâtons donc pas d'affirmer l'existence d'une atmosphère lunaire. »

La montagne ignivome devait être située environ sur le quarante-cinquième degré de latitude sud de la partie invisible du disque. Mais, au grand déplaisir de Barbicane, la courbe que décrivait le projectile l'entraînait loin du point signalé par l'éruption. Il ne put donc en déterminer plus exactement la nature. Une demi-heure après avoir été signalé, ce point lumineux disparaissait derrière le sombre horizon. Cependant la constatation de ce phénomène était un fait considérable dans les études sélénographiques. Il prouvait que toute chaleur n'avait pas encore disparu des entrailles de ce globe, et là où la chaleur existe, qui peut affirmer que le règne végétal, que le règne animal lui-même, n'ont pas résisté jusqu'ici aux influences destructives? L'existence de ce volcan en éruption, indiscutablement reconnue des savants de la Terre, aurait amené sans doute bien des théories favorables à cette grave question de l'habitabilité de la Lune.

Barbicane se laissait entraîner par ses réflexions. Il s'oubliait dans une muette rêverie où s'agitaient les mystérieuses destinées du monde lunaire. Il cherchait à relier entre eux les faits observés jusqu'alors, quand un incident nouveau le rappela brusquement à la réalité.

15

Cet incident, c'était plus qu'un phénomène cosmique, c'était un danger menaçant dont les conséquences pouvaient être désastreuses.

Soudain, au milieu de l'éther, dans ces ténèbres profondes, une masse énorme avait apparu. C'était comme une Lune, mais une Lune incandescente, et d'un éclat d'autant plus insoutenable qu'il tranchait nettement sur l'obscurité brutale de l'espace. Cette masse, de forme circulaire, jetait une lumière telle, qu'elle emplissait le projectile. La figure de Barbicane, de Nicholl, de Michel Ardan, violemment baignée dans ces nappes blanches, prenait cette apparence spectrale, livide, blafarde, que les physiciens produisent avec la lumière factice de l'alcool imprégné de sel.

« Mille diables! s'écria Michel Ardan, mais nous sommes hideux! Qu'est-ce que cette Lune malencontreuse?

— Un bolide, répondit Barbicane.

— Un bolide enflammé, dans le vide?

— Oui. »

Ce globe de feu était un bolide, en effet. Barbicane ne se trompait pas. Mais si ces météores cosmiques, observés de la Terre, ne présentent généralement qu'une lumière un peu inférieure à celle de la Lune, ici, dans ce sombre éther, ils

resplendissaient. Ces corps errants portent en eux-
mêmes le principe de leur incandescence. L'air
ambiant n'est pas nécessaire à leur déflagration.
Et, en effet, si certains de ces bolides traversent les
couches atmosphériques à deux ou trois lieues de la
Terre, d'autres, au contraire, décrivent leur trajectoire à une distance où l'atmosphère ne saurait
s'étendre. Tels ces bolides, l'un du 27 octobre 1844,
apparu à une hauteur de cent vingt-huit lieues,
l'autre du 18 août 1841, disparu à une distance
de cent quatre-vingt-deux lieues. Quelques-uns
de ces météores ont de trois à quatre kilomètres
de largeur et possèdent une vitesse qui peut aller
jusqu'à soixante-quinze kilomètres par seconde (1),
suivant une direction inverse du mouvement de la
Terre.

Ce globe filant, soudainement apparu dans
l'ombre à une distance de cent lieues au moins,
devait, suivant l'estime de Barbicane, mesurer un
diamètre de deux mille mètres. Il s'avançait avec
une vitesse de deux kilomètres à la seconde environ, soit trente lieues par minute. Il coupait la
route du projectile et devait l'atteindre en quelques minutes. En s'approchant, il grossissait dans
une proportion énorme.

1. La vitesse moyenne du mouvement de la Terre, le
long de l'écliptique, n'est que de 30 kilomètres à la seconde.

Que l'on s'imagine, si on le peut, la situation des voyageurs. Il est impossible de la décrire Malgré leur courage, leur sang-froid, leur insouciance devant le danger, ils étaient muets, immobiles, les membres crispés, en proie à un effarement farouche. Leur projectile, dont ils ne pouvaient dévier la marche, courait droit sur cette masse ignée, plus intense que la gueule ouverte d'un four à réverbère. Il semblait se précipiter vers un abîme de feu.

Barbicane avait saisi la main de ses deux compagnons, et tous trois regardaient à travers leurs paupières à demi-fermées cet astéroïde chauffé à blanc. Si la pensée n'était pas détruite en eux, si leur cerveau fonctionnait encore au milieu de son épouvante, ils devaient se croire perdus !

Deux minutes après la brusque apparition du bolide, deux siècles d'angoisses ! le projectile semblait prêt à le heurter, quand le globe de feu éclata comme une bombe, mais sans faire aucun bruit au milieu de ce vide où le son, qui n'est qu'une agitation des couches d'air, ne pouvait se produire.

Nicholl avait poussé un cri. Ses compagnons et lui s'étaient précipités à la vitre des hublots.

Quel spectacle ! Quelle plume saurait le ren-

dre, quelle palette serait assez riche en couleurs
pour en reproduire la magnificence ?

C'était comme l'épanouissement d'un cratère,
comme l'éparpillement d'un immense incendie.
Des milliers de fragments lumineux allumaient
et rayaient l'espace de leurs feux. Toutes les gros-
seurs, toutes les couleurs, toutes les nuances s'y
mêlaient. C'étaient des irradiations jaunes, jau-
nâtres, rouges, vertes, grises, une couronne d'artifices multicolores. Du globe énorme et redoutable, il ne restait plus rien que ces morceaux
emportés dans toutes les directions, devenus astéroïdes à leur tour, ceux-ci flamboyants comme
une épée, ceux-là entourés d'un nuage blanchâtre,
d'autres laissant après eux des traînées éclatantes
de poussière cosmique.

Ces blocs incandescents s'entre-croisaient, s'en-
tre-choquaient, s'éparpillaient en fragments plus
petits, dont quelques-uns heurtèrent le projectile.
Sa vitre de gauche fut même fendue par un choc
violent. Il semblait flotter au milieu d'une grêle
d'obus dont le moindre pouvait l'anéantir en un
instant.

La lumière qui saturait l'éther se développait
avec une incomparable intensité, car ces astéroïdes la dispersaient en tous sens. A un certain
moment, elle fut tellement vive, que Michel,

entraînant vers sa vitre Barbicane et Nicholl, s'écria :

« L'invisible Lune, visible enfin ! »

Et tous trois, à travers un effluve lumineux de quelques secondes, entrevirent ce disque mystérieux que l'œil de l'homme apercevait pour la première fois.

Que distinguèrent-ils à cette distance qu'ils ne pouvaient évaluer ? Quelques bandes allongées sur le disque, de véritables nuages formés dans un milieu atmosphérique très-restreint, duquel émergeaient non-seulement toutes les montagnes, mais aussi les reliefs de médiocre importance, ces cirques, ces cratères béants capricieusement disposés, tels qu'ils existent à la surface visible. Puis des espaces immenses, non plus des plaines arides, mais des mers véritables, des océans largement distribués, qui réfléchissaient sur leur miroir liquide toute cette magie éblouissante des feux de l'espace. Enfin, à la surface des continents, de vastes masses sombres, telles qu'apparaîtraient des forêts immenses sous la rapide illumination d'un éclair...

Était-ce une illusion, une erreur des yeux, une tromperie de l'optique ? Pouvaient-ils donner une affirmation scientifique à cette observation si superficiellement obtenue ? Oseraient-ils se prononcer

sur la question de son habitabilité, après un si
faible aperçu du disque invisible?

Cependant les fulgurations de l'espace s'affai-
blirent peu à peu; son éclat accidentel s'amoindrit;
les astéroïdes s'enfuirent par des trajectoires diverses et s éteignirent dans l'éloignement. L'éther
reprit enfin son habituelle ténébrosité ; les étoiles,
un moment éclipsées, étincelèrent au firmament,
et le disque, à peine entrevu, se perdit de nouveau dans l'impénétrable nuit.

CHAPITRE XVI

L'HÉMISPHÈRE MÉRIDIONAL

Le projectile venait d'échapper à un danger terrible, danger bien imprévu. Qui eût imaginé une telle rencontre de bolides? Ces corps errants pouvaient susciter aux voyageurs de sérieux périls. C'étaient pour eux autant d'écueils semés sur cette mer éthérée, que, moins heureux que les navigateurs, ils ne pouvaient fuir. Mais se plaignaient-ils, ces aventuriers de l'espace? Non, puisque la nature leur avait donné ce splendide spectacle d'un météore cosmique éclatant par une expansion formidable, puisque cet incomparable feu d'artifice, qu'aucun Ruggieri ne saurait imiter, avait éclairé pendant quelques secondes le nimbe invisible de la Lune. Dans cette rapide éclaircie, des continents, des mers, des forêts leur étaient apparus. L'atmosphère apportait donc à cette face inconnue ses molécules vivifiantes? Questions encore insolubles, éternellement posées devant la curiosité humaine!

Il était alors trois heures et demie du soir. Le boulet suivait sa direction curviligne autour de la Lune. Sa trajectoire avait-elle été encore une fois modifiée par le météore? On pouvait le craindre. Le projectile devait, cependant, décrire une courbe imperturbablement déterminée par les lois de la mécanique rationnelle. Barbicane inclinait à croire que cette courbe serait plutôt une parabole qu'une hyperbole. Cependant, cette parabole admise, le boulet aurait dû sortir assez rapidement du cône d'ombre projeté dans l'espace à l'opposé du Soleil. Ce cône, en effet, est fort étroit, tant le diamètre angulaire de la Lune est petit, si on le compare au diamètre de l'astre du jour. Or, jusqu'ici, le projectile flottait dans cette ombre profonde. Quelle qu'eût été sa vitesse, — et elle n'avait pu être médiocre, — sa période d'occultation continuait. Cela était un fait évident, mais peut-être cela n'aurait-il pas dû être dans le cas supposé d'une trajectoire rigoureusement parabolique. Nouveau problème qui tourmentait le cerveau de Barbicane, véritablement emprisonné dans un cercle d'inconnues qu'il ne pouvait dégager.

Aucun des voyageurs ne pensait à prendre un instant de repos. Chacun guettait quelque fait inattendu qui eût jeté une lueur nouvelle sur les études uranographiques. Vers cinq heures, Michel Ardan distribua, sous le nom de dîner, quelques morceaux de pain et de viande froide, qui furent rapidement absorbés, sans que personne eût abandonné son hublot, dont la vitre s'encroûtait incessamment sous la condensation des vapeurs.

Vers cinq heures quarante-cinq minutes du soir, Nicholl, armé de sa lunette, signala vers le bord méridional de la Lune et dans la direction suivie par le projectile quelques points éclatants qui se découpaient sur le sombre écran du ciel. On eût dit une succession de pitons aigus, se profilant comme une ligne tremblée. Ils s'éclairaient assez vivement. Tel apparaît le linéament terminal de la Lune, lorsqu'elle se présente dans l'un de ses octants.

On ne pouvait s'y tromper. il ne s'agissait plus d'un simple météore, dont cette arête lumineuse n'avait ni la couleur ni la mobilité. Pas davantage, d'un volcan en éruption. Aussi Barbicane n'hésita-t-il pas à se prononcer.

« Le Soleil ! s'écria-t-il.

— Quoi ! le Soleil ! répondirent Nicholl et Michel Ardan.

— Oui, mes amis, c'est l'astre radieux lui-même qui éclaire le sommet de ces montagnes situées sur le bord méridional de la Lune. Nous approchons évidemment du pôle sud!

— Après avoir passé par le pôle nord, répondit Michel. Nous avons donc fait le tour de notre satellite!

— Oui, mon brave Michel.

— Alors, plus d'hyperboles, plus de paraboles, plus de courbes ouvertes à craindre!

— Non, mais une courbe fermée.

— Qui s'appelle?

— Une ellipse. Au lieu d'aller se perdre dans les espaces interplanétaires, il est probable que le projectile va décrire un orbe elliptique autour de la Lune.

— En vérité!

— Et qu'il en deviendra le satellite.

— Lune de Lune! s'écria Michel Ardan.

— Seulement, je te ferai observer, mon digne ami, répliqua Barbicane, que nous n'en serons pas moins perdus pour cela!

— Oui, mais d'une autre manière, et bien autrement plaisante! » répondit l'insouciant Français, avec son plus aimable sourire.

Le président Barbicane avait raison. En décrivant cet orbe elliptique, le projectile allait sans doute graviter éternellement autour de la Lune, comme un sous-satellite. C'était un nouvel astre ajouté au monde solaire, un microcosme peuplé de trois habitants — que le défaut d'air tuerait avant peu. Barbicane ne pouvait donc se réjouir de cette situation définitive, imposée au boulet par la double influence des forces centripète et centrifuge. Ses compagnons et lui allaient revoir la face éclairée du disque lunaire. Peut-être même, leur existence se prolongerait-elle assez pour qu'ils aperçussent une dernière fois la pleine Terre superbement éclairée par les rayons du Soleil! Peut-être pourraient-ils jeter un dernier adieu à ce globe qu'ils ne devaient plus revoir! Puis, leur projectile ne serait plus qu'une masse éteinte, morte, semblable à ces inertes astéroïdes qui circulent dans l'éther. Une seule consolation pour eux, c'était de quitter enfin ces insondables ténèbres, c'était de revenir à la lumière, c'était de rentrer dans les zones baignées par l'irradiation solaire!

Cependant les montagnes, reconnues par Barbicane, se dégageaient de plus en plus de la masse sombre. C'étaient les monts Dœrfel et Leibnitz qui hérissent au sud la région circompolaire de la Lune.

Toutes les montagnes de l'hémisphère visible ont été mesurées avec une parfaite exactitude. On s'étonnera peut-être de cette perfection, et cependant, ces méthodes hypsométriques sont rigoureuses. On peut même affirmer que l'altitude des montagnes de la Lune n'est pas moins exactement déterminée que celle des montagnes de la Terre.

La méthode la plus généralement employée est celle qui mesure l'ombre portée par les montagnes, en tenant compte de la hauteur du Soleil au moment de l'observation. Cette mesure s'obtient facilement au moyen d'une lunette pourvue d'un réticule à deux fils parallèles, étant admis que le diamètre réel du disque lunaire est exactement connu. Cette méthode permet également de calculer la profondeur des cratères et des cavités de la Lune. Galilée en fit usage, et depuis, MM. Beer et Moedler l'ont employée avec le plus grand succès.

Une autre méthode, dite des rayons tangents, peut être aussi appliquée à la mesure des reliefs lunaires. On l'applique au moment où les montagnes forment des points lumineux détachés de la ligne de séparation d'ombre et de lumière, qui brillent sur la partie obscure du disque. Ces points lumineux sont produits par les rayons solaires supérieurs à ceux qui déterminent la limite de la phase. Donc, la mesure de l'intervalle obscur que laissent entre eux le point lumineux et la partie lumineuse de la phase la plus rapprochée donnent exactement la hauteur de ce point. Mais, on le comprend, ce procédé ne peut être appliqué qu'aux montagnes qui avoisinent la ligne de séparation d'ombre et de lumière.

Une troisième méthode consisterait à mesurer le profil des montagnes lunaires qui se dessinent sur le fond, au moyen du micromètre ; mais elle n'est applicable qu'aux hauteurs rapprochées du bord de l'astre.

Dans tous les cas, on remarquera que cette mesure des ombres, des intervalles ou des profils ne peut être exécutée que lorsque les rayons solaires frappent obliquement la Lune par rapport à l'observateur. Quand ils la frappent directement, en un mot, lorsqu'elle est pleine, toute ombre est impérieusement chassée de son disque, et l'observation n'est plus possible.

Galilée, le premier, après avoir reconnu l'existence des montagnes lunaires, employa la méthode des ombres portées pour calculer leurs hauteurs. Il leur attribua, ainsi qu'il a été dit déjà, une moyenne de quatre mille cinq cents toises. Hevelius rabaissa singulièrement ces chiffres, que Riccioli doubla au contraire. Ces mesures étaient exagérées de part et d'autre. Herschell, armé d'in-

struments perfectionnés, se rapprocha davantage
de la vérité hypsométrique. Mais il faut la chercher, finalement, dans les rapports des observateurs modernes.

MM. Beer et Moedler, les plus parfaits sélénographes du monde entier, ont mesuré mille
quatre - vingt - quinze montagnes lunaires. De
leurs calculs il résulte que six de ces montagnes
s'élèvent au-dessus de cinq mille huit cents mètres, et vingt-deux au-dessus de quatre mille huit
cents. Le plus haut sommet de la Lune mesure
sept mille six cent trois mètres ; il est donc inférieur à ceux de la Terre, dont quelques-uns le dé-
passent de cinq cents à six cents toises. Mais une
remarque doit être faite. Si on les compare aux
volumes respectifs des deux astres, les montagnes
lunaires sont relativement plus élévées que les
montagnes terrestres. Les premières forment la
quatre cent soixante-dixième partie du diamètre
de la Lune, et les secondes, seulement la quatorze
cent quarantième partie du diamètre de la Terre.
Pour qu'une montagne terrestre atteignît les pro-
portions relatives d'une montagne lunaire, il
faudrait que son altitude perpendiculaire mesurât
six lieues et demie. Or, la plus élevée n'a pas neuf
kilomètres.

Ainsi donc, pour procéder par comparaison, la

chaîne de l'Hymalaya compte trois pics supérieurs aux pics lunaires : le mont Everest, haut de
huit mille huit cent trente-sept mètres, le Kunchin-
juga, haut de huit mille cinq cent quatre-vingt-huit
mètres, et le Dwalagiri, haut de huit mille cent quatre-vingt-sept mètres. Les monts Dœrfel et Leibnitz de la Lune ont une altitude égale à celle du
Jewahir de la même chaîne, soit sept mille six cent
trois mètres. Newton, Casatus, Curtius, Short,
Tycho, Clavius, Blancanus, Endymion, les sommets principaux du Caucase et des Apennins, sont
supérieurs au Mont-Blanc, qui mesure quatre
mille huit cent dix mètres. Sont égaux : au Mont-
Blanc, Moret, Théophyle, Catharnia ; au Mont-
Rose, soit quatre mille six cent trente-six mètres,
Piccolomini, Werner, Harpalus ; au mont Cervin,
haut de quatre mille cinq cent vingt-deux mètres,
Macrobe, Eratosthène, Albateque, Delambre ;
au Pic de Ténériffe, élevé de trois mille sept cent
iix mètres, Bacon, Cysatus, Philolaus, et les
pics des Alpes ; au Mont-Perdu des Pyrénées,
soit trois mille trois cent cinquante et un mètres,
Roemer et Boguslawski ; à l'Etna, haut de trois
mille deux cent trente-sept mètres, Hercule, Atlas,
Furnerius.

Tels sont les points de comparaison qui permettent d'apprécier la hauteur des montagnes lu-

naires. Or, précisément, la trajectoire suivie par le projectile l'entraînait vers cette région montagneuse de l'hémisphère sud!, là ou s'élevaient les plus beaux échantillons de l'orographie lunaire.

CHAPITRE XVII

TYCHO

À six heures du soir, le projectile passait au pôle sud, à moins de soixante kilomètres. Distance égale à celle dont il s'était approché du pôle nord. La courbe elliptique se dessinait donc rigoureusement.

En ce moment, les voyageurs rentraient dans ce bienfaisant effluve des rayons solaires. Ils revoyaient ces étoiles qui se mouvaient avec lenteur de l'orient à l'occident. L'astre radieux fut salué d'un triple hurrah. Avec sa lumière, il envoyait sa chaleur qui transpira bientôt à travers les parois de métal. Les vitres reprirent leur transparence accoutumée. Leur couche de glace se fondit comme par enchantement. Aussitôt, par mesure d'économie, le gaz fut éteint. Seul, l'appareil à air dut en consommer sa quantité habituelle.

« Ah! fit Nicholl, c'est bon, ces rayons de chaleur! Avec quelle impatience, après une nuit si longue, les Sélénites doivent-ils attendre la réapparition de l'astre du jour!

— Oui, répondit Michel Ardan, en humant pour ainsi dire cet éther éclatant, lumière et chaleur, toute la vie est là! »

En ce moment, le culot du projectile tendait à s'écarter légèrement de la surface lunaire, de manière à suivre un orbe elliptique assez allongé. De ce point, si la Terre eût été pleine, Barbicane et ses compagnons auraient pu la revoir. Mais, noyée dans l'irradiation du Soleil, elle demeurait absolument invisible. Un autre spectacle devait attirer leurs regards, celui que présentait cette région australe de la Lune, ramenée par les lunettes à un demi-quart de lieue. Ils ne quittaient plus les hublots et notaient tous les détails de ce continent bizarre.

Les monts Dœrfel et Leibnitz forment deux groupes séparés qui se développent à peu près au pôle sud. Le premier groupe s'étend depuis le pôle jusqu'au quatre-vingt-quatrième parallèle. sur la partie orientale de l'astre; le second, dessiné sur le bord oriental, va du soixante-cinquième degré de latitude au pôle.

Sur leur arête capricieusement contournée apparaissaient des nappes éblouissantes, telles que les a signalées le père Secchi. Avec plus de certitude que l'illustre astronome romain, Barbicane put reconnaître leur nature.

« Ce sont des neiges! s'écria-t-il.

— Des neiges? répéta Nicholl.

— Oui, Nicholl, des neiges dont la surface est glacée profondément. Voyez comme elle réfléchit les rayons lumineux. Des laves refroidies ne donneraient pas une élection aussi intense. Il y a donc de l'eau, il y a donc de l'air sur la Lune. Si peu que l'on voudra, mais le fait ne peut plus être contesté ! »

Non, il ne pouvait l'être! Et si jamais Barbicane revoit la terre, ses notes témoigneront de ce fait considérable dans les observations sélénographiques.

Ces monts Dœrfel et Leibnitz s'élevaient au milieu de plaines d'une étendue médiocre que bornait une succession indéfinie de cirques et de remparts annulaires. Ces deux chaînes sont les seules qui se rencontrent dans la région des cirques. Peu accidentées relativement, elles projettent çà et là quelques pics aigus dont la plus haute cime mesure sept mille six cent trois mètres.

Mais le projectile dominait tout cet ensemble.

et le relief disparaissait dans cet intense éblouis-
sement du disque. Aux yeux des voyageurs
reparaissait cet aspect archaïque des paysages
lunaires, crûs de tons, sans dégradation de couleurs, sans nuances d'ombres, brutalement blancs
et noirs, puisque la lumière diffuse leur manquait. Cependant la vue de ce monde désolé
ne laissait pas d'être fort curieuse par son étran-
geté même. Ils se promenaient au-dessus de cette
cahotique région, comme s'ils eussent été entraînés au souffle d'un ouragan, voyant les sommets
défiler sous leurs pieds, fouillant les cavités du
regard, dévalant les rainures, gravissant les remparts, sondant ces trous mystérieux, nivelant toutes ces cassures. Mais nulle trace de végétation,
nulle apparence de cités; rien que des stratifications, des coulées de laves, des épanchements polis
comme des miroirs immenses qui reflétaient les
rayons solaires avec un insoutenable éclat. Rien
d'un monde vivant, tout d'un monde mort, où les
avalanches, roulant du sommet des montagnes,
s'abîmaient sans bruit au fond des abîmes. Elles
avaient le mouvement, mais le fracas leur manquait encore.

Barbicane constata par des observations réité-
rées que les reliefs des bords du disque, bien qu'ils
eussent été soumis à des forces différentes de celles

de la région centrale, présentaient une conformation uniforme. Même agrégation circulaire, mêmes
ressauts du sol. Cependant on pouvait penser
que leurs dispositions ne devaient pas être analogues. Au centre, en effet, la croûte encore malléable de la Lune a été soumise à la double attraction de la Lune et de la Terre, agissant en sens
inverse suivant un rayon prolongé de l'une à
l'autre. Au contraire, sur les bords du disque, l'attraction lunaire a été pour ainsi dire perpendiculaire à l'attraction terrestre. Il semble donc que
les reliefs du sol produits dans ces deux conditions
auraient dû prendre une forme différente. Or, cela
n'était pas. Donc, la Lune avait trouvé en elle
seule le principe de sa formation et de sa constitution. Elle ne devait rien aux forces étrangères.
Ce qui justifiait cette remarquable proposition
d'Arago : « Aucune action extérieure à la Lune
n'a contribué à la production de son relief. »

Quoi qu'il en soit et dans son état actuel, ce
monde, c'était l'image de la mort, sans qu'il fût
possible de dire que la vie l'eût jamais animé.

Michel Ardan crut pourtant reconnaître une agglomération de ruines qu'il signala à l'attention de
Barbicane. C'était à peu près sur le quatre-vingtième parallèle et par trente degrés de longitude.
Cet amoncellement de pierres, assez régulièrement

disposées, figuraient une vaste forteresse, domi-
nant une de ces longues rainures qui jadis servaient
de lit aux fleuves des temps antéhistoriques. Non
loin s'élevait, à une hauteur de cinq mille six
cent quarante-six mètres, la montagne annulaire de
Short, égale au Caucase asiatique. Michel Ardan,
avec sa passion accoutumée, soutenait « l'évi-
dence » de sa forteresse. Au-dessous, il apercevait
les remparts démantelés d'une ville ; ici, la vous-
sure encore intacte d'un portique ; là, deux ou
trois colonnes couchées sous leur soubassement ;
plus loin, une succession de cintres qui avaient
dû supporter les conduits d'un aqueduc ; ailleurs,
les piliers effondrés d'un gigantesque pont, engagé
dans l'épaisseur de la rainure. Il distinguait tout
cela, mais avec tant d'imagination dans le regard,
à travers une si fantaisiste lunette, qu'il faut se dé-
fier de son observation. Et cependant, qui pourrait
affirmer, qui oserait dire que l'aimable garçon n'a
pas réellement vu ce que ses deux compagnons ne
voulaient pas voir?

Les moments étaient trop précieux pour les sacrifier à une discussion oiseuse. La cité sélénite, prétendue ou non, avait déjà disparu dans
l'éloignement. La distance du projectile au disque
lunaire commençait à s'accroître, et les détails du
sol commençaient à se perdre dans un mélange

confus. Seuls les reliefs, les cirques, les cratères,
les plaines, résistaient et découpaient nettement
leurs lignes terminales.

En ce moment se dessinait vers la gauche l'un
des plus beaux cirques de l'orographie lunaire,
l'une des curiosités de ce continent. C'était Newton que Barbicane reconnut sans peine, en se
reportant à sa *Mappa Selenographica*.

Newton est exactement situé par 77° de latitude sud et 16° de longitude est. Il forme un cratère annulaire, dont les remparts, élevés de sept
mille deux cent soixante-quatre mètres, semblaient
être infranchissables.

Barbicane fit observer à ses compagnons que la
hauteur de cette montagne au-dessus de la plaine
environnante était loin d'égaler la profondeur de
son cratère. Cet énorme trou échappait à toute
mesure, et formait un sombre abîme dont les
rayons solaires ne peuvent jamais atteindre le
fond. Là, suivant la remarque de Humboldt,
règne l'obscurité absolue que la lumière du soleil
et de la Terre ne peuvent rompre. Les mytholo-
gistes en eussent fait, avec raison, la bouche de
leur enfer.

« Newton, dit Barbicane, est le type le plus
parfait de ces montagnes annulaires dont la Terre
ne possède aucun échantillon. Elles prouvent que

« LUMIÈRE ET CHALEUR, TOUTE LA VIE EST LA ! » (PAGE 233.)

la formation de la Lune, par voie de refroidissement, est due à des causes violentes, car, pendant
que, sous la poussée des feux intérieurs, les reliefs
se projetaient à des hauteurs considérables, le fond
se retirait et s'abaissait beaucoup au-dessous du
niveau lunaire.

— Je ne dis pas non, » répondit Michel Ardan.

Quelques minutes après avoir dépassé Newton,
le projectile dominait directement la montagne
annulaire de Moret. Il longea d'assez loin les sommets de Blancanus, et vers sept heures et demie
du soir, il atteignait le cirque de Clavius.

Ce cirque, l'un des plus remarquables du disque,
est situé par 58° de latitude sud, et 15° de longitude est. Sa hauteur est estimée à sept mille
quatre-vingt-onze mètres. Les voyageurs, distants
de quatre cents kilomètres, réduits à quatre par
les lunettes, purent admirer l'ensemble de ce vaste
cratère.

« Les volcans terrestres, dit Barbicane, ne sont
que des taupinières, comparés aux volcans de la
Lune. En mesurant les anciens cratères formés
par les premières éruptions du Vésuve et de l'Etna,
on leur trouve à peine six mille mètres de largeur. En France, le cirque du Cantal compte dix
kilomètres; à Ceyland, le cirque de l'île, soixante-
dix kilomètres, et il est considéré comme le plus

vaste du globe. Que sont ces diamètres auprès de celui de Clavius que nous dominons en ce moment ?

— Quelle est donc sa largeur ? demanda Nicholl.

— Elle est de deux cent vingt-sept kilomètres, répondit Barbicane. Ce cirque, il est vrai, est le plus important de la Lune ; mais bien d'autres mesurent deux cents, cent cinquante, cent kilomètres !

— Ah ! mes amis, s'écria Michel, vous figurez-vous ce que devait être ce paisible astre de la nuit, quand ces cratères, s'emplissant de tonnerres, vomissaient tous à la fois des torrents de laves, des grêles de pierres, des nuages de fumée et des nappes de flammes ! Quel spectacle prodigieux alors, et maintenant quelle déchéance ! Cette Lune n'est plus que la maigre carcasse d'un feu d'artifice dont les pétards, les fusées, les serpenteaux, les soleils, après un éclat superbe, n'ont laissé que de tristes déchiquetures de carton. Qui pourrait dire la cause, la raison, la justification de ces cataclysmes ? »

Barbicane n'écoutait pas Michel Ardan. Il contemplait ces remparts de Clavius formés de larges montagnes sur plusieurs lieues d'épaisseur. Au fond de son immense cavité se creusait une centaine de petits cratères éteints qui trouaient le sol comme une écumoire, et que dominait un pic de cinq mille mètres.

Autour, la plaine avait un aspect désolé. Rien d'aride comme ces reliefs, rien de triste comme ces ruines de montagnes, et, si l'on peut s'exprimer ainsi, comme ces morceaux de pics et de monts qui jonchaient le sol! Le satellite semblait avoir éclaté en cet endroit.

Le projectile s'avançait toujours, et ce chaos ne se modifiait pas. Les cirques, les cratères, les montagnes éboulées, se succédaient incessamment. Plus de plaines, plus de mers. Une Suisse, une Norwége interminables. Enfin, au centre de cette région crevassée, à son point culminant, la plus splendide montagne du disque lunaire, l'éblouissant Tycho, auquel la postérité conservera toujours le nom de l'illustre astronome du Danemark.

En observant la pleine Lune, dans un ciel sans nuages, il n'est personne qui n'ait remarqué ce point brillant de l'hémisphère sud. Michel Ardan, pour le qualifier, employa toutes les métaphores que put lui fournir son imagination. Pour lui, ce Tycho, c'était un ardent foyer de lumière, un centre d'irradiation, un cratère vomissant des rayons! C'était le moyeu d'une roue étincelante,

une astérie qui enserrait le disque de ses tenta-
cules d'argent, un œil immense rempli de flammes, un nimbe taillé pour la tête de Pluton !
C'était comme une étoile lancée par la main du
Créateur, qui se serait écrasée contre la face lunaire !

Tycho forme une telle concentration lumineuse, que les habitants de la Terre peuvent
l'apercevoir sans lunette, quoiqu'ils en soient
à une distance de cent mille lieues. Que l'on
imagine alors quelle devait être son intensité
aux yeux d'observateurs placés à cent cinquante lieues seulement ! A travers ce pur
éther, son étincellement était tellement insoutenable, que Barbicane et ses amis durent noircir
l'oculaire de leurs lorgnettes à la fumée du gaz,
pour pouvoir en supporter l'éclat. Puis, muets,
émettant à peine quelques interjections admiratives, ils regardèrent, ils contemplèrent. Tous leurs
sentiments, toutes leurs impressions se concentrè-
rent dans leur regard, comme la vie, qui, sous une
émotion violente, se concentre tout entière au
cœur.

Tycho appartient au système des montagnes
rayonnantes, comme Aristarque et Copernic. Mais
de toutes la plus complète, la plus accentuée, elle
témoigne irrécusablement de cette effroyable action

volcanique à laquelle est due la formation de la
Lune.

Tycho est situé par 43° de latitude méridionale,
et par 12° de longitude est. Son centre est occupé
par un cratère large de quatre-vingt-sept kilomètres. Il affecte une forme un peu elliptique, et se
renferme dans une enceinte de remparts annulaires qui, à l'est et à l'ouest, dominent la plaine
extérieure d'une hauteur de cinq mille mètres.
C'est une agrégation de Monts-Blancs, disposés
autour d'un centre commun, et couronnés d'une
chevelure rayonnante.

Ce qu'est cette montagne incomparable, l'ensemble des reliefs qui convergent vers elle, les
extumescences intérieures de son cratère, jamais
la photographie elle-même n'a pu les rendre. En
effet, c'est en Pleine-Lune que Tycho se montre
dans toute sa splendeur. Or, les ombres manquent
alors, les raccourcis de la perspective ont disparu,
et les épreuves viennent blanches. Circonstance
fâcheuse, car cette étrange région eût été curieuse
à reproduire avec l'exactitude photographique. Ce
n'est qu'une agglomération de trous, de cratères,
de cirques, un croisement vertigieux de crêtes;
puis, à perte de vue, tout un réseau volcanique
jeté sur ce sol pustuleux. On comprend alors que
ces bouillonnements de l'éruption centrale aient

gardé leur forme première. Cristallisés par le refroidissement, ils ont stéréotypé cet aspect que présenta jadis la Lune sous l'influence des forces plutoniennes.

La distance qui séparait les voyageurs des cimes annulaires de Tycho n'était pas tellement considérable qu'ils ne pussent en relever les principaux détails. Sur le remblai même qui forme la circonvallation de Tycho, les montagnes s'accrochant sur les flancs des talus intérieurs et extérieurs s'étageaient comme de gigantesques terrasses. Elles paraissaient plus élevées de trois à quatre cents pieds à l'ouest qu'à l'est. Aucun système de castramétation terrestre n'était comparable à cette fortification naturelle. Une ville, bâtie au fond de la cavité circulaire, eût été absolument inaccessible.

Inaccessible et merveilleusement étendue sur ce sol accidenté de ressauts pittoresques ! La nature, en effet, n'avait pas laissé plat et vide le fond de ce cratère. Il possédait son orographie spéciale, un système montagneux qui en faisait comme un monde à part. Les voyageurs distinguèrent nettement des cônes, des collines centrales, de remarquables mouvements de terrain, naturellement disposés pour recevoir les chefs-d'œuvre de l'architecture sélénite. Là se dessinait la place d'un temple, ici l'emplacement d'un forum, en cet endroit, les soubassements d'un palais, en cet autre, le plateau d'une citadelle. Le tout dominé par une montagne centrale de quinze cents pieds. Vaste circuit, où la Rome antique eût tenu dix fois tout entière!

« Ah! s'écria Michel Ardan, enthousiasmé à cette vue, quelle ville grandiose on construirait dans cet anneau de montagnes! Cité tranquille, refuge paisible, placé en dehors de toutes les misères humaines! Comme ils vivraient là, calmes et isolés, tous ces misanthropes, tous ces haïsseurs de l'humanité, tous ceux qui ont le dégoût de la vie sociale!

— Tous! Ce serait trop petit pour eux! » répondit simplement Barbicane.

CHAPITRE XVIII

QUESTIONS GRAVES.

Cependant, le projectile avait dépassé l'enceinte de Tycho. Barbicane et ses deux amis observèrent alors avec la plus scrupuleuse attention ces raies brillantes que la célèbre montagne disperse si curieusement à tous les horizons.

Qu'était cette rayonnante auréole? Quel phénomène géologique avait dessiné cette chevelure ardente? Cette question préoccupait à bon droit Barbicane.

Sous ses yeux, en effet, s'allongeaient dans toutes les directions des sillons lumineux à bords relevés et à milieu concave, les uns larges de vingt kilomètres, les autres larges de cinquante. Ces éclatantes traînées couraient en de certains endroits jusqu'à trois cents lieues de Tycho, et semblaient

couvrir, surtout vers l'est, le nord-est et le nord,
la moitié de l'hémisphère méridional. L'un de ses
jets s'étendait jusqu'au cirque de Néandre, situé
sur le quarantième méridien. Un autre allait, en
s'arrondissant, sillonner la Mer du Nectar, et se
briser contre la chaîne des Pyrénées, après un
parcours de quatre cents lieues. D'autres, vers
l'ouest, couvraient d'un réseau lumineux la Mer
des Nuées et la Mer des Humeurs.

Quelle était l'origine de ces rayons étincelants
qui couraient sur les plaines comme sur les reliefs,
à quelque hauteur qu'ils fussent? Tous partaient
d'un centre commun, le cratère de Tycho. Ils éma-
naient de lui. Herschell attribuait leur brillant
aspect à d'anciens courants de lave figés par le
froid, opinion qui n'a pas été adoptée. D'autres
astronomes ont vu dans ces inexplicables raies des
sortes de moraines, des rangées de blocs erratiques,
qui auraient été projetés à l'époque de la formation
de Tycho.

« Et pourquoi pas? demanda Nicholl à Barbicane, qui relatait ces diverses opinions en les re-
poussant.

— Parce que la régularité de ces lignes lumineuses, et la violence nécessaire pour porter à de
telles distances les matières volcaniques, sont
inexplicables.

— Eh parbleu! répondit Michel Ardan, il me paraît facile d'expliquer l'origine de ces rayons.

— Vraiment? fit Barbicane.

— Vraiment, reprit Michel. Il suffit de dire que c'est un vaste étoilement, semblable à celui que produit le choc d'une balle ou d'une pierre sur un carreau de vitre!

— Bon! répliqua Barbicane en souriant. Et quelle main eût été assez puissante pour lancer la pierre qui a fait un pareil choc?

— La main n'est pas nécessaire, répondit Michel, qui ne se démontait pas, et, quant à la pierre, admettons que ce soit une comète.

— Ah! les comètes! s'écria Barbicane, en abuse-t-on! Mon brave Michel, ton explication n'est pas mauvaise, mais ta comète est inutile. Le choc qui a produit cette cassure peut être venu de l'intérieur de l'astre. Une contraction violente de la croûte lunaire, sous le retrait du refroidissement, a pu suffire à imprimer ce gigantesque étoilement.

— Va pour une contraction, quelque chose comme une colique lunaire, répondit Michel Ardan.

— D'ailleurs, ajouta Barbicane, cette opinion est celle d'un savant anglais, Nasmyth, et elle me semble expliquer suffisamment le rayonnement de ces montagnes.

— Ce Nasmyth n'est point un sot ! » répondit Michel.

Longtemps les voyageurs, qu'un tel spectacle ne pouvait blaser, admirèrent les splendeurs de Tycho. Leur projectile, imprégné d'effluves lumineux, dans cette double irradiation du Soleil et de la Lune, devait apparaître comme un globe incandescent. Ils étaient donc subitement passés d'un froid considérable à une chaleur intense. La nature les préparait ainsi à devenir Sélénites.

Devenir Sélénites ! Cette idée ramena encore une fois la question d'habitabilité de la Lune. Après ce qu'ils avaient vu, les voyageurs pouvaient-ils la résoudre ? Pouvaient-ils conclure pour ou contre ? Michel Ardan provoqua ses deux amis à formuler leur opinion, et leur demanda carrément s'ils pensaient que l'animalité et l'humanité fussent représentées dans le monde lunaire.

« Je crois que nous pouvons répondre, dit Barbicane ; mais, suivant moi, la question ne doit pas se présenter sous cette forme. Je demande à la poser autrement.

— A toi la pose, répondit Michel.

— Voici, reprit Barbicane. Le problème est double et exige une double solution. La Lune est-elle habitable ? La Lune a-t-elle été habitée ?

— Bien, répondit Nicholl. Cherchons d'abord si la Lune est habitable.

— A vrai dire, je n'en sais rien, répliqua Michel.

— Et moi, je réponds négativement, reprit Barbicane. Dans l'état où elle est actuellement, avec cette enveloppe atmosphérique certainement très-réduite, ses mers pour la plupart desséchées, ses eaux insuffisantes, sa végétation restreinte, ses brusques alternatives de chaud et de froid, ses nuits et ses jours de trois cent cinquante-quatre heures, la Lune ne me paraît pas habitable, et elle ne me semble pas propice au développement du règne animal, ni suffisante aux besoins de l'existence, telle que nous la comprenons.

— D'accord, répondit Nicholl. Mais la Lune n'est-elle pas habitable pour des êtres organisés autrement que nous?

— A cette question, répliqua Barbicane, il est plus difficile de répondre. J'essaierai cependant, mais je demanderai à Nicholl si le *mouvement* lui paraît être le résultat nécessaire d'une existence, quelle que soit son organisation?

— Sans nul doute, répondit Nicholl.

— Eh bien, mon digne compagnon, je vous répondrai que nous avons observé les continents lunaires à une distance de cinq cents mètres au plus, et que rien ne nous a paru se mouvoir à la surface de la Lune. La présence d'une humanité quelconque se fût trahie par des appropriations, par des constructions diverses, par des ruines même. Or, qu'avons-nous vu ? Partout et toujours le travail géologique de la nature, jamais le travail de l'homme. Si donc des représentants du règne animal existent sur la Lune, ils sont enfouis dans ces insondables cavités que le regard ne peut atteindre. Ce que je ne puis admettre, car ils auraient laissé des traces de leur passage sur ces plaines que doit recouvrir la couche atmosphérique, si peu élevée qu'elle soit. Or, ces traces ne sont visibles nulle part. Reste donc la seule hypothèse d'une race d'êtres vivants auxquels le mouvement, qui est la vie, serait étranger !

— Autant dire des créatures vivantes qui ne vivraient pas, répliqua Michel.

— Précisément, répondit Barbicane, ce qui pour nous n'a aucun sens.

— Alors, nous pouvons formuler notre opinion, dit Michel.

— Oui, répondit Nicholl.

—Eh bien, reprit Michel Ardan, la Commission scientifique, réunie dans le projectile du Gun-Club, après avoir appuyé son argumentation sur les faits nouvellement observés, décide à l'unani-

mité des voix sur la question de l'habitabilité ac-
tuelle de la Lune : Non, la Lune n'est pas habitable. »

Cette décision fut consignée par le président
Barbicane sur son carnet de notes où figure le pro-
cès-verbal de la séance du 6 décembre.

« Maintenant, dit Nicholl, attaquons la seconde
question, complément indispensable de la première. Je demanderai donc à l'honorable Commission : Si la Lune n'est pas habitable, a-t-elle été
habitée ?

— Le citoyen Barbicane a la parole, dit Michel
Ardan.

— Mes amis, répondit Barbicane, je n'ai pas
attendu ce voyage pour me faire une opinion sur
cette habitabilité passée de notre satellite. J'ajouterai que nos observations personnelles ne peuvent
que me confirmer dans cette opinion. Je crois,
j'affirme même que la Lune a été habitée par une
race humaine organisée comme la nôtre, qu'elle
a produit des animaux conformés anatomique-
ment comme les animaux terrestres, mais j'ajoute
que ces races humaines ou animales ont fait leur
temps, et qu'elles sont à jamais éteintes !

— Alors, demanda Michel, la Lune serait donc
un monde plus vieux que la Terre?

— Non, répondit Barbicane avec conviction,

mais un monde qui a vieilli plus vite, et dont la formation et la déformation ont été plus rapides. Relativement, les forces organisatrices de la matière ont été beaucoup plus violentes à l'intérieur de la Lune qu'à l'intérieur du globe terrestre. L'état actuel de ce disque crevassé, tourmenté, boursouflé, le prouve surabondamment. La Lune et la Terre n'ont été que des masses gazeuses à leur origine. Ces gaz sont passés à l'état liquide sous diverses influences, et la masse solide s'est formée plus tard. Mais très-certainement, notre sphéroïde était gazeux ou liquide encore, que la Lune, déjà solidifiée par le refroidissement, devenait habitable.

— Je le crois, dit Nicholl.

— Alors, reprit Barbicane, une atmosphère l'entourait. Les eaux contenues par cette enveloppe gazeuse ne pouvaient s'évaporer. Sous l'influence de l'air, de l'eau, de la lumière, de la chaleur solaire, de la chaleur centrale, la végétation s'emparait des continents préparés à la recevoir, et certainement la vie se manifesta vers cette époque, car la nature ne se dépense pas en inutilités, et un monde si merveilleusement habitable a dû être nécessairement habité.

— Cependant, répondit Nicholl, bien des phénomènes inhérents aux mouvements de notre satellite devaient gêner l'expansion des règnes végétal et animal. Ces jours et ces nuits de trois cent cinquante quatre heures, par exemple?

— Aux pôles terrestres, dit Michel, ils durent six mois!

— Argument de peu de valeur, puisque les pôles ne sont pas habités.

— Remarquons, mes amis, reprit Barbicane, que si, dans l'état actuel de la Lune, ces longues nuits et ces longs jours créent des différences de température insupportables pour l'organisme, il n'en était pas ainsi à cette époque des temps historiques. L'atmosphère enveloppait le disque d'un manteau fluide. Les vapeurs s'y disposaient sous forme de nuages. Cet écran naturel tempérait l'ardeur des rayons solaires et contenait le rayonnement nocturne. La lumière comme la chaleur pouvaient se diffuser dans l'air. De là, un équilibre entre ces influences qui n'existe plus, maintenant que cette atmosphère a presque entièrement disparu. D'ailleurs, je vais bien vous étonner....

— Étonne-nous, dit Michel Ardan.

— Mais je crois volontiers qu'à cette époque où la Lune était habitée, les nuits et les jours ne duraient pas trois cent cinquante quatre heures!

— Et pourquoi? demanda vivement Nicholl.

— Parce que, très-probablement alors, le mouvement de rotation de la Lune sur son axe n'était pas égal à son mouvement de révolution, égalité qui présente chaque point du disque pendant quinze jours à l'action des rayons solaires.

— D'accord, répondit Nicholl, mais pourquoi ces deux mouvements n'auraient-ils pas été égaux, puisqu'ils le sont actuellement?

— Parce que cette égalité n'a été déterminée que par l'attraction terrestre. Or, qui nous dit que cette attraction ait eu assez de puissance pour modifier les mouvements de la Lune à l'époque où la Terre n'était encore que fluide?

— Au fait, répliqua Nicholl, et qui nous dit que la Lune ait toujours été satellite de la Terre?

— Et qui nous dit, s'écria Michel Ardan, que la Lune n'ait pas existé bien avant la Terre ? »

Les imaginations s'emportaient dans le champ infini des hypothèses. Barbicane voulut les refréner.

« Ce sont là, dit-il, de trop hautes spéculations, des problèmes véritablement insolubles. Ne nous y engageons pas. Admettons seulement l'insuffisance de l'attraction primordiale, et alors, par l'inégalité des deux mouvements de rotation et de révolution, les jours et les nuits ont pu se succéder sur la Lune comme ils se succèdent sur la Terre. D'ailleurs, même sans ces conditions, la vie était possible.

— Ainsi donc, demanda Michel Ardan, l'humanité aurait disparu de la Lune?

— Oui, répondit Barbicane, après avoir sans
doute persisté pendant des milliers de siècles. Puis
peu à peu, l'atmosphère se raréfiant, le disque sera
devenu inhabitable, comme le globe terrestre le
deviendra un jour, par le refroidissement.

— Par le refroidissement?

— Sans doute, répondit Barbicane. A mesure
que les feux intérieurs se sont éteints, que la matière incandescente s'est concentrée, l'écorce lunaire s'est refroidie. Peu à peu les conséquences de
ce phénomène se sont produites : disparition des
êtres organisés, disparition de la végétation. Bientôt l'atmosphère s'est raréfiée, très-probablement
soutirée par l'attraction terrestre; disparition de
l'air respirable, disparition de l'eau par voie d'évaporation. A cette époque la Lune, devenue inhabitable, n'était plus habitée. C'était un monde
mort, tel qu'il nous apparaît aujourd'hui.

— Et tu dis que pareil sort est réservé à la
Terre?

— Très-probablement.

— Mais quand?

— Quand le refroidissement de son écorce l'aura
rendue inhabitable.

— Et a-t-on calculé le temps que notre malheureux sphéroïde mettrait à se refroidir?

— Sans doute.

— Et tu connais ces calculs?

— Parfaitement.

— Mais parle donc, savant maussade, s'écria Michel Ardan, car tu me fais bouillir d'impatience!

— Eh bien, mon brave Michel, répondit tranquillement Barbicane, on sait quelle diminution de température la Terre subit dans le laps d'un siècle. Or, d'après certains calculs, cette température moyenne sera ramenée à zéro après une période de quatre cent mille ans!

— Quatre cent mille ans! s'écria Michel. Ah! je respire! Vraiment, j'étais effrayé! A t'entendre, je m'imaginais que nous n'avions plus que cinquante mille années à vivre! »

Barbicane et Nicholl ne purent s'empêcher de rire des inquiétudes de leur compagnon. Puis Nicholl, qui voulait conclure, posa de nouveau la seconde question qui venait d'être traitée.

« La Lune a-t-elle été habitée? » demanda-t-il.

La réponse fut affirmative, à l'unanimité.

Mais pendant cette discussion, féconde en théories un peu hasardées, bien qu'elle résumât les idées générales acquises à la science sur ce point, le projectile avait couru rapidement vers l'Équateur lunaire, tout en s'éloignant régulièrement du disque. Il avait dépassé le cirque de Willem, et le quarantième parallèle à une distance de huit cents kilomètres. Puis, laissant à droite Pitatus sur le trentième degré, il prolongeait le sud de cette Mer des Nuées, dont il avait déjà approché le nord. Divers cirques apparurent confusément dans l'éclatante blancheur de la Pleine-Lune : Bouillaud, Purbach, de forme presque carrée avec un cratère central, puis Arzachel, dont la montagne intérieure brille d'un éclat indéfinissable.

Enfin, le projectile s'éloignant toujours, les linéaments s'effacèrent aux yeux des voyageurs, les montagnes se confondirent dans l'éloignement, et de tout cet ensemble merveilleux, bizarre, étrange, du satellite de la Terre, il ne leur resta bientôt plus que l'impérissable souvenir.

CHAPITRE XIX

LUTTE CONTRE L'IMPOSSIBLE.

Pendant un temps assez long, Barbicane et ses compagnons, muets et pensifs, regardèrent ce monde, qu'ils n'avaient vu que de loin, comme Moïse la terre de Chanaan, et dont ils s'éloignaient sans retour. La position du projectile, relativement à la Lune, s'était modifiée, et, maintenant, son culot était tourné vers la Terre.

Ce changement, constaté par Barbicane, ne laissa pas de le surprendre. Si le boulet devait graviter autour du satellite suivant un orbe elliptique, pourquoi ne lui présentait-il pas sa partie lourde, comme fait la Lune vis-à-vis de la Terre? Il y avait là un point obscur.

En observant la marche du projectile, on pouvait reconnaître qu'il suivait, en s'écartant de la

Lune, une courbe analogue à celle qu'il avait tracée en s'en rapprochant. Il décrivait donc une ellipse très-allongée qui s'étendrait probablement jusqu'au point d'égale attraction, là où se neutralisent les influences de la Terre et de son satellite.

Telle fut la conclusion que Barbicane tira justement des faits observés, conviction que ses deux amis partagèrent avec lui.

Aussitôt, les questions de pleuvoir.

« Et rendus à ce point mort, que deviendrons-nous ? demanda Michel Ardan.

— C'est l'inconnu ! répondit Barbicane.

— Mais on peut faire des hypothèses, je suppose ?

— Deux, répondit Barbicane. Ou la vitesse du projectile sera insuffisante alors, et il restera éternellement immobile sur cette ligne de double attraction...

— J'aime mieux l'autre hypothèse, quelle qu'elle soit, répliqua Michel.

— Ou sa vitesse sera suffisante, reprit Barbicane, et il reprendra sa route elliptique pour graviter éternellement autour de l'astre des nuits.

— Révolution peu consolante, dit Michel. Passer à l'état d'humbles serviteurs d'une Lune que nous sommes habitués à considérer comme une servante! Et voilà l'avenir qui nous attend ? »

Ni Barbicane, ni Nicholl ne répondirent.

« Vous vous taisez ? reprit l'impatient Michel.

— Il n'y a rien à répondre, dit Nicholl.

— N'y a-t-il donc rien à tenter ?

— Non, répondit Barbicane. Prétendrais-tu lutter contre l'impossible ?

— Pourquoi pas ? Un Français et deux Américains reculeraient-ils devant un pareil mot ?

— Mais que veux-tu faire ?

— Maîtriser ce mouvement qui nous emporte !

— Le maîtriser ?

— Oui, reprit Michel en s'animant, l'enrayer ou le modifier, l'employer enfin à l'accomplissement de nos projets.

— Et comment ?

— C'est vous que cela regarde ! Si des artilleurs ne sont pas maîtres de leurs boulets, ce ne sont plus des artilleurs. Si le projectile commande au canonnier, il faut fourrer à sa place le canonnier dans le canon ! De beaux savants, ma foi ! Les voilà qui ne savent plus que devenir, après m'avoir induit...

— Induit ! s'écrièrent Barbicane et Nicholl. induit ! Qu'entends-tu par là ?

— Pas de récriminations ! dit Michel. Je ne me plains pas ! La promenade me plaît ! Le boulet me

18

va! Mais faisons tout ce qu'il est humainement possible de faire pour retomber quelque part, si ce n'est sur la Lune.

— Nous ne demandons pas autre chose, mon brave Michel, répondit Barbicane, mais les moyens nous manquent.

— Nous ne pouvons pas modifier le mouvement du projectile?

— Non.

— Ni diminuer la vitesse?

— Non.

— Pas même en l'allégeant comme on allége un navire trop chargé?

— Que veux-tu jeter? répondit Nicholl. Nous n'avons pas de lest à bord. Et d'ailleurs, il me semble que le projectile allégé marcherait plus vite.

— Moins vite, dit Michel.

— Plus vite, répliqua Nicholl.

— Ni plus ni moins vite, répondit Barbicane pour mettre ses deux amis d'accord, car nous flottons dans le vide, où il ne faut plus tenir compte de la pesanteur spécifique.

— Eh bien, s'écria Michel Ardan d'un ton déterminé, il n'y a plus qu'une chose à faire.

— Laquelle? demanda Nicholl.

— Déjeuner! » répondit imperturbablement

l'audacieux Français, qui apportait toujours cette solution dans les plus difficiles conjonctures.

En effet, si cette opération n'avait aucune influence sur la direction du projectile, on pouvait la tenter sans inconvénient, et même avec succès au point de vue de l'estomac. Décidément, ce Michel n'avait que de bonnes idées.

On déjeuna donc, à deux heures du matin; mais l'heure importait peu. Michel servit son menu habituel, couronné par une aimable bouteille tirée de sa cave secrète. Si les idées ne leur montaient pas au cerveau, il fallait désespérer du chambertin de 1863.

Ce repas terminé, les observations recommencèrent.

Autour du projectile se maintenaient à une distance invariable les objets qui avaient été jetés au dehors. Évidemment, le boulet, dans son mouvement de translation autour de la Lune, n'avait traversé aucune atmosphère, car le poids spécifique de ces divers objets eût modifié leur marche relative.

Du côté du sphéroïde terrestre, rien à voir. La Terre ne comptait qu'un jour, ayant été nouvelle la veille à minuit, et deux jours devaient s'écouler encore avant que son croissant, dégagé des rayons solaires, vînt servir d'horloge aux Sélénites, puisque

dans son mouvement de rotation, chacun de ses
points repasse toujours vingt-quatre heures après
au même méridien de la Lune.

Du côté de la Lune, le spectacle était différent :
l'astre brillait dans toute sa splendeur, au milieu
d'innombrables constellations dont ses rayons ne
pouvaient troubler la pureté. Sur le disque, les
plaines reprenaient déjà cette teinte sombre qui se
voit de la Terre. Le reste du nimbe demeurait
étincelant, et au milieu de cet étincellement général, Tycho se détachait encore comme un soleil.

Barbicane ne pouvait en aucune façon apprécier la vitesse du projectile, mais le raisonnement
lui démontrait que cette vitesse devait uniformément diminuer, conformément aux lois de la mécanique rationnelle.

En effet, étant admis que le boulet allait décrire une orbite autour de la Lune, cette orbite
serait nécessairement elliptique. La science prouve
qu'il doit en être ainsi. Aucun mobile circu-
lant autour d'un corps attirant ne faillit à cette
loi. Toutes les orbites décrites dans l'espace sont
elliptiques, celles des satellites autour des planètes, celles des planètes autour du Soleil, celle
du Soleil autour de l'astre inconnu qui lui sert de
pivot central. Pourquoi le projectile du Gun-

Club échapperait-il à cette disposition naturelle ?

Or, dans les orbes elliptiques, le corps attirant occupe toujours un des foyers de l'ellipse. Le satellite se trouve donc à un moment plus rapproché et à un autre moment plus éloigné de l'astre autour duquel il gravite. Lorsque la Terre est plus voisine du Soleil, elle est dans son périhélie, et dans son aphélie, à son point le plus éloigné. S'agit-il de la Lune, elle est plus près de la Terre dans son périgée, et plus loin dans son apogée. Pour employer des expressions analogues dont s'enrichira la langue des astronomes, si le projectile demeure à l'état de satellite de la Lune, on devra dire qu'il se trouve dans son « aposélène » à son point le plus éloigné, et à son point le plus rapproché, dans son « périsélène. »

Dans ce dernier cas, le projectile devait atteindre son maximum de vitesse, dans le premier cas, son minimum. Or, il marchait évidemment vers son point aposélénitique, et Barbicane avait raison de penser que sa vitesse décroîtrait jusqu'à ce point, pour reprendre peu à peu, à mesure qu'il se rapprocherait de la Lune. Cette vitesse même serait absolument nulle, si ce point se confondait avec celui d'égale attraction.

Barbicane étudiait les conséquences de ces diverses situations, il cherchait quel parti on en

pourrait tirer, quand il fut brusquement interrompu par un cri de Michel Ardan.

« Pardieu ! s'écria Michel, il faut avouer que
nous ne sommes que de francs imbéciles !

— Je ne dis pas non, répondit Barbicane, mais
pourquoi ?

— Parce que nous avons un moyen bien simple
de retarder cette vitesse qui nous éloigne de la
Lune, et que nous ne l'employons pas !

— Et quel est ce moyen ?

— C'est d'utiliser la force de recul renfermée
dans nos fusées.

— Au fait ? dit Nicholl.

— Nous n'avons pas encore utilisé cette force, répondit Barbicane, c'est vrai, mais nous l'utiliserons.

— Quand ? demanda Michel.

— Quand le moment en sera venu. Remarquez,
mes amis, que dans la position occupée par le
projectile, position encore oblique par rapport au
disque lunaire, nos fusées, en modifiant sa direction, pourraient l'écarter au lieu de le rapprocher
de la Lune. Or, c'est bien la Lune que vous tenez
à atteindre ?

— Essentiellement, répondit Michel.

— Attendez alors. Par une influence inexplicable, le projectile tend à ramener son culot vers la
Terre. Il est probable qu'au point d'égale attrac-

tion, son chapeau conique se dirigera rigoureusement vers la Lune. A ce moment, on peut espérer
que sa vitesse sera nulle. Ce sera l'instant d'agir,
et sous l'effort de nos fusées, peut-être pourrons-
nous provoquer une chute directe à la surface du
disque lunaire.

— Bravo! fit Michel.

— Ce que nous n'avons pas fait, ce que nous ne
pouvions faire à notre premier passage au point
mort, parce que le projectile était encore animé
d'une vitesse trop considérable.

— Bien raisonné, dit Nicholl.

— Attendons patiemment, reprit Barbicane.
Mettons toutes les chances de notre côté, et après
avoir tant désespéré, je me reprends à croire que
nous atteindrons notre but ! »

Cette conclusion provoqua les hip et les hurrahs
de Michel Ardan. Et pas un de ces fous audacieux
ne se souvenait de cette question qu'ils avaient
eux-mêmes résolue négativement : Non ! la Lune
n'est pas habitée. Non! la Lune n'est probablement
pas habitable ! Et cependant, ils allaient tout
tenter pour l'atteindre !

Une seule question restait à résoudre : A quel
moment précis le projectile aurait-il atteint ce
point d'égale attraction où les voyageurs joueraient
leur va-tout?

Pour calculer ce moment à quelques secondes près, Barbicane n'avait qu'à se reporter à ses notes de voyage et à relever les différentes hauteurs prises sur les parallèles lunaires. Ainsi, le temps employé à parcourir la distance située entre le point mort et le pôle sud devait être égal à la distance qui séparait le pôle nord du point mort. Les heures représentant les temps parcourus étaient soigneusement notées, et le calcul devenait facile.

Barbicane trouva que ce point serait atteint par le projectile à une heure du matin dans la nuit du 7 au 8 décembre. Or, il était en ce moment trois heures du matin, de la nuit du 6 au 7 décembre. Donc, si rien ne troublait sa marche, le projectile atteindrait le point voulu dans vingt-deux heures.

Les fusées avaient été primitivement disposées pour ralentir la chute du boulet sur la Lune, et maintenant les audacieux allaient les employer à provoquer un effet absolument contraire. Quoi qu'il en soit, elles étaient prêtes, et il n'y avait plus qu'à attendre le moment d'y mettre le feu.

« Puisqu'il n'y a rien à faire, dit Nicholl, je fais une proposition.

— Laquelle? demanda Barbicane.

— Je propose de dormir.

— Par exemple ! s'écria Michel Ardan.

— Voilà quarante heures que nous n'avons fermé les yeux, dit Nicholl. Quelques heures de sommeil nous rendront toutes nos forces.

— Jamais, répliqua Michel.

— Bon, reprit Nicholl, que chacun agisse à sa guise, moi je dors! »

Et s'étendant sur un divan, Nicholl ne tarda pas à ronfler comme un boulet de quarante-huit.

« Ce Nicholl est plein de sens, dit bientôt Barbicane. Je vais l'imiter. »

Quelques instants après, il soutenait de sa basse continue le baryton du capitaine.

« Décidément, dit Michel Ardan quand il se vit seul, ces gens pratiques ont quelquefois des idées opportunes. »

Et, ses longues jambes allongées, ses grands bras repliés sous sa tête, Michel s'endormit à son tour.

Mais ce sommeil ne pouvait être ni durable, ni paisible. Trop de préoccupations roulaient dans l'esprit de ces trois hommes, et quelques heures après, vers sept heures du matin, tous trois étaient sur pied au même instant.

Le projectile s'éloignait toujours de la Lune, inclinant de plus en plus vers elle sa partie conique. Phénomène inexplicable jusqu'ici, mais qui servait heureusement les desseins de Barbicane.

Encore dix-sept heures, et le moment d'agir serait venu.

Cette journée parut longue. Quelque audacieux
qu'ils fussent, les voyageurs se sentaient vivement
impressionnés à l'approche de cet instant qui devait
tout décider, ou leur chute vers la Lune, ou leur
éternel enchaînement dans un orbe immutable.
Ils comptèrent donc les heures, trop lentes à leur
gré, Barbicane et Nicholl obstinément plongés dans
leurs calculs, Michel allant et venant entre ces
parois étroites, et contemplant d'un œil avide cette
Lune impassible.

Parfois, des souvenirs de la Terre traversaient
rapidement leur esprit. Ils revoyaient leurs amis
du Gun-Club, et le plus cher de tous, J. T. Maston.
En ce moment, l'honorable secrétaire devait occu-
per son poste dans les Montagnes-Rocheuses. S'il
apercevait le projectile sur le miroir de son gigantesque télescope, que penserait-il ? Après l'avoir
vu disparaître derrière le pôle sud de la Lune, il le
voyait réapparaître par le pôle nord! C'était donc
le satellite d'un satellite! J. T. Maston avait-il
lancé dans le monde cette nouvelle inattendue?
Était-ce donc là le dénoûment de cette grande
entreprise?...

Cependant, la journée se passa sans incident.
Le minuit terrestre arriva. Le 8 décembre allait

commencer. Une heure encore, et le point d'égale attraction serait atteint. Quelle vitesse animait alors le projectile? On ne savait l'estimer. Mais aucune erreur ne pouvait entacher les calculs de Barbicane. A une heure du matin, cette vitesse devait être et serait nulle.

Un autre phénomène devait, d'ailleurs, marquer le point d'arrêt du projectile sur la ligne neutre. En cet endroit les deux attractions terrestre et lunaire seraient annulées. Les objets ne « pèseraient » plus. Ce fait singulier, qui avait si curieusement surpris Barbicane et ses compagnons à l'aller, devait se reproduire au retour dans des conditions identiques. C'est à ce moment précis qu'il faudrait agir.

Déjà le chapeau conique du projectile était sensiblement tournée vers le disque lunaire. Le boulet se présentait de manière à utiliser tout le recul produit par la poussée des appareils fusants. Les chances se prononçaient donc pour les voyageurs. Si la vitesse du projectile était absolument annulée sur ce point mort, un mouvement déterminé vers la Lune suffirait, si léger qu'il fût, pour déterminer sa chute.

« Une heure moins cinq minutes, dit Nicholl.

— Tout est prêt, répondit Michel Ardan en dirigeant une mèche préparée vers la flamme du gaz.

— Attends » dit Barbicane, tenant son chronomètre à la main.

En ce moment, la pesanteur ne produisait plus
aucun effet. Les voyageurs sentaient en eux-
mêmes cette complète disparition. Ils étaient bien
près du point neutre, s'ils n'y touchaient pas !...

« Une heure ! » dit Barbicane.

Michel Ardan approcha la mèche enflammée
d'un artifice qui mettait les fusées en communication instantanée. Aucune détonation ne se fit
entendre à l'intérieur où l'air manquait. Mais,
par les hublots, Barbicane aperçut un fusement
prolongé dont la déflagration s'éteignit aussitôt.

Le projectile éprouva une certaine secousse qui
fut très-sensiblement ressentie à l'intérieur.

Les trois amis regardaient, écoutaient, sans
parler, respirant à peine. On aurait entendu
battre leur cœur au milieu de ce silence absolu.

« Tombons-nous ? demanda enfin Michel Ardan.

— Non, répondit Nicholl, puisque le culot du
projectile ne se retourne pas vers le disque lunaire ! »

En ce moment, Barbicane, quittant la vitre des
hublots, se retourna vers ses deux compagnons. Il
était affreusement pâle, le front plissé, les lèvres
contractées.

« Nous tombons ! dit-il.

— Ah ! s'écria Michel Ardan, vers la Lune ?

— Vers la Terre ! » répondit Barbicane.

— Diable ! « s'écria Michel Ardan, et il ajouta philosophiquement : « Bon ! en entrant dans ce boulet, nous nous doutions bien qu'il ne serait pas facile d'en sortir ! »

En effet, cette chute épouvantable commençait. La vitesse conservée par le projectile l'avait porté au delà du point mort. L'explosion des fusées n'avait pu l'enrayer. Cette vitesse qui, à l'aller, avait entraîné le projectile en dehors de la ligne neutre, l'entraînait encore au retour. La physique voulait que, dans son orbe elliptique, *il repassât par tous les points par lesquels il avait déjà passé.*

C'était une chute terrible, d'une hauteur de soixante-dix-huit mille lieues, et qu'aucun ressort ne pourrait amoindrir. D'après les lois de la balistique, le projectile devait frapper la Terre avec une vitesse égale à celle qui l'animait au sortir de la Columbiad, une vitesse de « seize mille mètres dans la dernière seconde ! »

Et, pour donner un chiffre de comparaison, on a calculé qu'un objet lancé du haut des tours de Notre-Dame, dont l'altitude n'est que de deux cents pieds, arrive au pavé avec une vitesse de cent vingt lieues à l'heure. Ici, le projectile devait frapper la Terre avec une vitesse de *cinquante-sept mille six cents lieues à l'heure.*

« Nous sommes perdus, dit froidement Nicholl.

— Eh bien, si nous mourons, répondit Barbicane avec une sorte d'enthousiasme religieux, le résultat de notre voyage sera magnifiquement élargi ! C'est son secret lui-même que Dieu nous dira ! Dans l'autre vie, l'âme n'aura besoin, pour savoir, ni de machines ni d'engins ! Elle s'identifiera avec l'éternelle sagesse !

— Au fait, répliqua Michel Ardan, l'autre monde tout entier peut bien nous consoler de cet astre infime qui s'appelle la Lune ! »

Barbicane croisa ses bras sur sa poitrine par un mouvement de sublime résignation.

« A la volonté du ciel ! » dit-il.

CHAPITRE XX

LES SONDAGES DE LA *Susquehanna.*

« Eh bien, lieutenant, et ce sondage ?

— Je crois, monsieur, que l'opération touche à sa fin, répondit le lieutenant Bronsfield. Mais qui se serait attendu à trouver une telle profondeur si près de terre, à une centaine de lieues seulement de la côte américaine ?

— En effet, Bronsfield, c'est une forte dépression, dit le capitaine Blomsberry. Il existe en cet endroit une vallée sous-marine creusée par le courant de Humboldt qui prolonge les côtes de l'Amérique jusqu'au détroit de Magellan.

— Ces grandes profondeurs, reprit le lieutenant, sont peu favorables à la pose des câbles télégraphiques. Mieux vaut un plateau uni, tel que celui qui supporte le câble américain entre Valentia et Terre-Neuve.

— J'en conviens, Bronsfield. Et, avec votre permission, lieutenant, où en sommes-nous maintenant?

— Monsieur, répondit Bronsfield, nous avons, en ce moment, vingt et un mille cinq cents pieds de ligne dehors, et le boulet qui entraîne la sonde n'a pas encore touché le fond, car la sonde serait remontée d'elle-même.

— Un ingénieux appareil que cet appareil Brook, dit le capitaine Blomsberry. Il permet d'obtenir des sondages d'une grande exactitude.

— Touche! » cria en ce moment un des timoniers de l'avant qui surveillait l'opération.

Le capitaine et le lieutenant se rendirent sur le gaillard.

« Quelle profondeur avons-nous? demanda le capitaine.

— Vingt et un mille sept cent soixante-deux pieds, répondit le lieutenant en inscrivant ce nombre sur son carnet.

— Bien, Bronsfield, dit le capitaine, je vais porter ce résultat sur ma carte. Maintenant, faites haler la sonde à bord. C'est un travail de plusieurs heures. Pendant cet instant, l'ingénieur fera allumer ses fourneaux, et nous serons prêts à partir

QUELQUES PIEDS PLUS PRÈS... (PAGE 284.)

dès que vous aurez terminé. Il est dix heures du soir, et, avec votre permission, lieutenant, je vais aller me coucher.

— Faites donc, monsieur, faites donc ! » répondit obligeamment le lieutenant Bronsfield.

Le capitaine de la *Susquehanna*, un brave homme s'il en fut, le très-humble serviteur de ses officiers, regagna sa cabine, prit son grog au brandy qui valut d'interminables témoignages de satisfaction au maître d'hôtel, se coucha non sans avoir complimenté son domestique sur sa manière de faire les lits, et s'endormit d'un paisible sommeil.

Il était alors dix heures du soir. La onzième journée du mois de décembre allait s'achever dans une nuit magnifique.

La *Susquehanna*, corvette de cinq cents chevaux, de la marine nationale des États-Unis, s'occupait d'opérer des sondages dans le Pacifique, à cent lieues environ de la côte américaine, par le travers de cette presqu'île allongée qui se dessine sur la côte du Nouveau-Mexique.

Le vent avait peu à peu molli. Pas une agitation ne troublait les couches de l'air. La flamme de la corvette, immobile, inerte, pendait sur le mât de perroquet.

Le capitaine Jonathan Blomsberry, — cousin-

germain du colonel Blomsberry, l'un des ardents
du Gun-Club, qui avait épousé une Horschbid-
den, tante du capitaine et fille d'un honorable né-
gociant du Kentucky, — le capitaine Blomsberry
n'aurait pu souhaiter un temps meilleur pour mener à bonne fin ses délicates opérations de sondage.
Sa corvette n'avait même rien ressenti de cette
vaste tempête qui, balayant les nuages amoncelés
sur les Montagnes-Rocheuses, devait permettre
d'observer la marche du fameux projectile. Tout
allait à son gré, et il n'oubliait point d'en remercier le ciel avec la ferveur d'un presbyté-
rien.

La série de sondages exécutés par la *Susquehanna* avait pour but de reconnaître les fonds les
plus favorables à l'établissement d'un câble sous-
marin qui devait relier les îles Hawaï à la côte
américaine.

C'était un vaste projet dû à l'initiative d'une
compagnie puissante. Son directeur, l'intelligent
Cyrus Field, prétendait même couvrir toutes les
îles de l'Océanie d'un vaste réseau électrique, entreprise immense et digne du génie américain.

C'était à la corvette la *Susquehanna* qu'avaient
été confiées les premières opérations de sondage.
Pendant cette nuit du 11 au 12 décembre, elle se
trouvait exactement par 27°7' de latitude nord, et

41° 37' de longitude à l'ouest du méridien de Washington (1).

La Lune, alors dans son dernier quartier, commençait à se montrer au-dessus de l'horizon.

Après le départ du capitaine Blomsberry, le lieutenant Bronsfield et quelques officiers s'étaient réunis sur la dunette. A l'apparition de la Lune, leurs pensées se portèrent vers cet astre que les regards de tout un hémisphère contemplaient alors. Les meilleures lunettes marines n'auraient pu découvrir le projectile errant autour de son demi-globe, et cependant toutes se braquèrent vers son disque étincelant que des millions de regards lorgnaient au même moment.

« Ils sont partis depuis dix jours, dit alors le lieutenant Bronsfield. Que sont-ils devenus ?

— Ils sont arrivés, mon lieutenant, s'écria un jeune midshipman, et ils font ce que fait tout voyageur arrivé dans un pays nouveau, ils se promènent !

— J'en suis certain, puisque vous me le dites, mon jeune ami, répondit en souriant le lieutenant Bronsfield.

— Cependant, reprit un autre officier, on ne

Exactement 119° 55' de longitude à l'ouest du méridien de Paris.

peut mettre leur arrivée en doute. Le projectile a
û atteindre la Lune au moment où elle était
pleine, le 5 à minuit. Nous voici au 11 décembre,
ce qui fait six jours. Or, en six fois vingt-quatre
heures, sans obscurité, on a le temps de s'instal-
ler confortablement. Il me semble que je les vois,
nos braves compatriotes, campés au fond d'une
vallée, sur le bord d'un ruisseau sélénite, près du
projectile à demi enfoncé par sa chute au milieu
des débris volcaniques, le capitaine Nicholl commençant ses opérations de nivellement, le président Barbicane mettant au net ses notes de
voyage, Michel Ardan embaumant les solitudes
lunaires du parfum de ses londrès...

— Oui, cela doit être ainsi, c'est ainsi ! s'écria
le jeune midshipman, enthousiasmé par la description idéale de son supérieur.

— Je veux le croire, répondit le lieutenant
Bronsfield, qui ne s'emportait guère. Malheureusement, les nouvelles directes du monde lunaire
nous manqueront toujours.

— Pardon, mon lieutenant, dit le midshipman,
mais le président Barbicane ne peut-il écrire ? »

Un éclat de rire accueillit cette réponse.

« Non pas des lettres, reprit vivement le jeune
homme. L'administration des postes n'a rien à
voir ici.

— Serait-ce donc l'administration des lignes télégraphiques? demanda ironiquement un des officiers.

— Pas davantage, répondit le midshipman qui ne se démontait pas. Mais il est très-facile d'établir une communication graphique avec la Terre.

— Et comment?

— Au moyen du télescope de Long's peak. Vous savez qu'il ramène la Lune à deux lieues seulement des Montagnes-Rocheuses, et qu'il permet de voir, à sa surface, les objets ayant neuf pieds de diamètre. Eh bien! que nos industrieux amis construisent un alphabet gigantesque! qu'ils écrivent des mots longs de cent toises et des phrases longues d'une lieue, et ils pourront ainsi nous envoyer de leurs nouvelles! »

On applaudit bruyamment le jeune midshipman qui ne laissait pas d'avoir une certaine imagination. Le lieutenant Bronsfield convint lui-même que l'idée était exécutable. Il ajouta que par l'envoi de rayons lumineux groupés en faisceaux au moyen de miroirs paraboliques, on pouvait aussi établir des communications directes; en effet, ces rayons seraient aussi visibles à la surface de Vénus ou de Mars, que la planète Neptune l'est de la Terre. Il finit en disant que des points brillants déjà observés sur les planètes rappro-

chées, pourraient bien être des signaux faits à la
Terre. Mais il fit observer que si, par ce moyen,
on pouvait avoir des nouvelles du monde lunaire,
on ne pouvait en envoyer du monde terrestre, à
moins que les Sélénites n'eussent à leur disposition des instruments propres à faire des observations lointaines.

« Évidemment, répondit un des officiers, mais
ce que sont devenus les voyageurs, ce qu'ils ont
fait, ce qu'ils ont vu, voilà surtout ce qui doit
nous intéresser. D'ailleurs, si l'expérience a réussi,
ce dont je ne doute pas, on la recommencera. La
Columbiad est toujours encastrée dans le sol de
la Floride. Ce n'est donc plus qu'une question de
boulet et de poudre, et toutes les fois que la Lune
passera au zénith, on pourra lui envoyer une car-
gaison de visiteurs.

— Il est évident, répondit le lieutenant Bronsfield, que J. T. Maston ira l'un de ces jours re-
joindre ses amis.

— S'il veut de moi, s'écria le midshipman, je
suis prêt à l'accompagner.

— Oh! les amateurs ne manqueront pas, répliqua Bronsfield, et, si on les laisse faire, la moitié des habitants de la Terre aura bientôt émigré
dans la Lune! »

Cette conversation entre les officiers de la *Sus-*

quehanna se soutint jusqu'à une heure du matin environ. On ne saurait dire quels systèmes étourdissants, quelles théories renversantes furent émis par ces esprits audacieux. Depuis la tentative de Barbicane, il semblait que rien ne fût impossible aux Américains. Ils projetaient déjà d'expédier, non plus une commission de savants, mais toute une colonie vers les rivages sélénites, et toute une armée avec infanterie, artillerie et cavalerie, pour conquérir le monde lunaire.

A une heure du matin, le halage de la sonde n'était pas encore achevé. Dix mille pieds restaient dehors, ce qui nécessitait encore un travail de plusieurs heures. Suivant les ordres du commandant, les feux avaient été allumés, et la pression montait déjà. La *Susquehanna* aurait pu partir à l'instant même.

En ce moment, — il était une heure dix-sept minutes du matin, — le lieutenant Bronsfield se disposait à quitter le quart et à regagner sa cabine, quand son attention fut attirée par un sifflement lointain et tout à fait inattendu.

Ses camarades et lui crurent tout d'abord que ce sifflement était produit par une fuite de vapeur; mais, relevant la tête, ils purent constater que ce bruit se produisait vers les couches les plus reculées de l'air.

Ils n'avaient pas eu le temps de s'interroger, que ce sifflement prenait une intensité effrayante, et soudain, à leurs yeux éblouis, apparut un bolide énorme, enflammé par la rapidité de sa course, par son frottement sur les couches atmosphériques.

Cette masse ignée grandit à leurs regards, s'abattit avec le bruit du tonnerre sur le beaupré de la corvette qu'elle brisa au ras de l'étrave, et s'abîma dans les flots avec une assourdissante rumeur !

Quelques pieds plus près, et la *Susquehanna* sombrait corps et biens.

A cet instant, le capitaine Blomsberry se montra à demi-vêtu, et s'élançant sur le gaillard d'avant vers lequel s'étaient précipités ses officiers :

« Avec votre permission, Messieurs, qu'est-il arrivé? » demanda-t-il.

Et le midshipman, se faisant pour ainsi dire l'écho de tous, s'écria :

« Commandant, ce sont « eux » qui reviennent ! »

CHAPITRE XXI

J.-T. MASTON RAPPELÉ.

L'émotion fut grande à bord de la *Susquehanna*
Officiers et matelots oubliaient ce danger terrible
qu'ils venaient de courir, cette possibilité d'être
écrasés et coulés par le fond. Ils ne songeaient
qu'à la catastrophe qui terminait ce voyage. Ainsi
donc, la plus audacieuse entreprise des temps anciens et modernes coûtait la vie aux hardis aventuriers qui l'avaient tentée.

« Ce sont « eux » qui reviennent, » avait dit
le jeune midshipman, et tous l'avaient compris.
Nul ne mettait en doute que ce bolide ne fût le
projectile du Gun-Club. Quant aux voyageurs
qu'il renfermait, les opinions étaient partagées sur
leur sort.

« Ils sont morts! disait l'un

— Ils vivent, répondait l'autre. La couche d'eau est profonde, et leur chute a été amortie.

— Mais l'air leur a manqué, reprenait celui-ci, et ils ont dû mourir asphyxiés !

— Brûlés ! répliquait celui-là. Leur projectile n'était plus qu'une masse incandescente en traversant l'atmosphère.

— Qu'importe ! répondait-on unanimement. Vivants ou morts, il faut les tirer de là ! »

Cependant le capitaine Blomsberry avait réuni ses officiers, et avec leur permission, il tenait conseil. Il s'agissait de prendre immédiatement un parti. Le plus pressé était de repêcher le projectile. Opération difficile, non impossible, pourtant. Mais la corvette manquait des engins nécessaires, qui devaient être à la fois puissants et précis. On résolut donc de la conduire au port le plus voisin et de donner avis au Gun-Club de la chute du boulet.

Cette détermination fut prise à l'unanimité. Le choix du port dut être discuté. La côte voisine ne présentait aucun attérage sur le vingt-septième degré de latitude. Plus haut, au-dessus de la presqu'île de Monterey, se trouvait l'importante ville qui lui a donné son nom. Mais, assise sur les confins d'un véritable désert, elle ne se reliait point à l'intérieur par un réseau télégraphique, et l'électricité seule pouvait répandre assez rapidement cette importante nouvelle.

A quelques degrés au-dessus s'ouvrait la baie de San-Francisco. Par la capitale du pays de l'or, les communications seraient faciles avec le centre de l'Union. En moins de deux jours, la *Susquehanna*, forçant sa vapeur, pouvait être arrivée au port de San-Francisco. Elle dut donc partir sans retard.

Les feux étaient poussés. On pouvait appareiller immédiatement. Deux mille brasses de sonde restaient encore par le fond. Le capitaine Blomsberry, ne voulant pas perdre un temps précieux à les haler, résolut de couper sa ligne.

« Nous fixerons le bout sur une bouée, dit-il, et cette bouée nous indiquera le point précis où le projectile est tombé.

— D'ailleurs, répondit le lieutenant Bronsfield, nous avons notre situation exacte : 27° 7' de latitude nord et 41° 37' de longitude ouest.

— Bien, monsieur Bronsfield, répondit le capitaine, et, avec votre permission, faites couper la ligne. »

Une forte bouée, renforcée encore par un accouplement d'espars, fut lancée à la surface de l'Océan. Le bout de la ligne fut solidement frappé dessus, et, soumise seulement au va-et-vient de la houle, elle ne devait pas sensiblement dériver.

En ce moment, l'ingénieur fit prévenir le capitaine qu'il avait de la pression, et que l'on pouvait partir. Le capitaine le fit remercier de cette excellente communication. Puis il donna la route au nord-nord-est. La corvette, évoluant, se dirigea à toute vapeur vers la baie de San-Francisco. Il était trois heures du matin.

Deux cent vingt lieues à franchir, c'était peu de chose pour une bonne marcheuse comme la *Susquehanna*. En trente-six heures, elle eut dévoré cet intervalle, et le 14 décembre, à une heure vingt-sept minutes du soir, elle donnait dans la baie de San-Francisco.

A la vue de ce bâtiment de la marine nationale, arrivant à grande vitesse, son beaupré rasé, son mât de misaine étayé, la curiosité publique s'émut singulièrement. Une foule compacte fut bientôt rassemblée sur les quais, attendant le débarquement.

Après avoir mouillé, le capitaine Blomsberry et le lieutenant Bronsfield descendirent dans un canot armé de huit avirons, qui les transporta rapidement à terre.

Ils sautèrent sur le quai.

« Le télégraphe! » demandèrent-ils sans répondre aucunement aux mille questions qui leur étaient adressées.

L'officier de port les conduisit lui-même au bureau télégraphique, au milieu d'un immense concours de curieux.

Blomsberry et Bronsfield entrèrent dans le bureau, tandis que la foule s'écrasait à la porte.

Quelques minutes plus tard, une dépêche, en quadruple expédition, était lancée : 1° au secrétaire de la Marine, Washington; 2° au vice-président du Gun-Club, Baltimore; 3° à l'honorable J. T. Maston, Long's Peak, Montagnes-Rocheuses ; 4° au sous-directeur de l'Observatoire de Cambridge, Massachussets.

Elle était conçue en ces termes :

« Par 20 degrés 7 minutes de latitude nord
« et 41 degrés 37 minutes de longitude ouest, ce
« 12 décembre, à une heure dix-sept minutes du
« matin, projectile de la Columbiad tombé dans
« le Pacifique. Envoyez instructions. Blomsberry,
« commandant *Susquehanna*. »

Cinq minutes après, toute la ville de San-Francisco connaissait la nouvelle. Avant six heures du soir, les divers États de l'Union apprenaient la suprême catastrophe. Après minuit, par le câble, l'Europe entière savait le résultat de la grande tentative américaine.

On renoncera à peindre l'effet produit dans le monde entier par ce dénoûment inattendu.

Au reçu de la dépêche, le secrétaire de la Marine télégraphia à la *Susquehanna* l'ordre d'attendre dans la baie de San-Francisco, sans éteindre ses feux. Jour et nuit, elle devait être prête à prendre la mer.

L'observatoire de Cambridge se réunit en séance extraordinaire, et avec cette sérénité qui distingue les corps savants, il discuta paisiblement le point scientifique de la question.

Au Gun-Club, il y eut explosion. Tous les artilleurs étaient réunis. Précisément, le vice-président, l'honorable Wilcome, lisait cette dépêche prématurée, par laquelle J. T. Maston et Belfast annonçaient que le projectile venait d'être aperçu dans le gigantesque réflecteur de Long's Peak. Cette communication portait, en outre, que le boulet, retenu par l'attraction de la Lune, jouait le rôle de sous-satellite dans le monde solaire.

On connaît maintenant la vérité sur ce point.

Cependant, à l'arrivée de la dépêche de Blomsberry, qui contredisait si formellement le télégramme de J. T. Maston, deux partis se formèrent dans le sein du Gun-Club. D'un côté, le parti des gens qui admettaient la chute du projectile, et par conséquent le retour des voyageurs. De l'autre, le parti de ceux qui, s'en tenant aux observations de Long's Peak, concluaient à l'erreur du

commandant de la *Susquehanna*. Pour ces derniers, le prétendu projectile n'était qu'un bolide,
rien qu'un bolide, un globe filant qui, dans sa
chute, avait fracassé l'avant de la corvette. On ne
savait trop que répondre à leur argumentation,
car, la vitesse dont il était animé, avait dû rendre
très-difficile l'observation de ce mobile. Le commandant de la *Susquehanna* et ses officiers avaient
certainement pu se tromper de bonne foi. Un argument, néanmoins, militait en leur faveur : c'est
que, si le projectile était tombé sur la terre, sa rencontre avec le sphéroïde terrestre n'avait pu s'opérer que sur ce vingt-septième degré de latitude
nord, et, — en tenant compte du temps écoulé et
du mouvement de rotation de la Terre, — entre le
quarante et unième et le quarante-deuxième degré
de longitude ouest.

Quoi qu'il en soit, il fut décidé à l'unanimité,
dans le Gun-Club, que Blomsberry frère, Bilby et
le major Elphiston gagneraient sans retard San-
Francisco, et aviseraient aux moyens de retirer le
projectile des profondeurs de l'Océan.

Ces hommes dévoués partirent sans perdre un
instant, et le rail-road, qui doit traverser bientôt
toute l'Amérique centrale, les conduisit à Saint-
Louis, où les attendaient de rapides coachs-mails.

Presque au même instant où le secrétaire de la

Marine, le vice-président du Gun-Club et le sous
directeur de l'Observatoire recevaient la dépêche
de San-Francisco, l'honorable J. T. Maston éprou-
vait la plus violente émotion de toute son existence, émotion que ne lui avait même pas procuré
l'éclatement de son célèbre canon, et qui faillit,
une fois de plus, lui coûter la vie.

On se rappelle que le secrétaire du Gun-Club
était parti quelques instants après le projectile, —
et presque aussi vite que lui, — pour le poste de
Long's-Peak dans les Montagnes-Rocheuses. Le
savant J. Belfast, directeur de l'Observatoire de
Cambridge, l'accompagnait. Arrivés à la station,
les deux amis s'étaient installés sommairement,
et ne quittaient plus le sommet de leur énorme
télescope.

On sait, en effet, que ce gigantesque instrument
avait été établi dans les conditions des réflecteurs
appelés « front view » par les Anglais. Cette disposition ne faisait subir qu'une seule réflexion
aux objets, et en rendait, conséquemment, la
vision plus claire. Il en résultait que J. T. Maston
et Belfast, quand ils observaient, étaient placés à
la partie supérieure de l'instrument, et non à la
partie inférieure. Ils y arrivaient par un escalier
tournant, chef-d'œuvre de légèreté, et au-dessous
d'eux s'ouvrait ce puits de métal terminé par le

miroir métallique, qui mesurait deux cent quatre-
vingts pieds de profondeur.

Or, c'était sur l'étroite plate-forme disposée au-
dessus du télescope, que les deux savants passaient
leur existence, maudissant le jour qui dérobait la
Lune à leurs regards, et les nuages qui la voilaient
obstinément pendant la nuit.

Quelle fut donc leur joie quand, après quelques jours d'attente, dans la nuit du 5 décembre,
ils aperçurent le véhicule qui emportait leurs
amis dans l'espace ! A cette joie succéda une dé-
ception profonde, lorsque, se fiant à des observations incomplètes, ils lancèrent avec leur premier
télégramme à travers le monde, cette affirmation
erronée qui faisait du projectile un satellite de la
Lune gravitant dans un orbe immutable.

Depuis cet instant, le boulet ne s'était plus
montré à leurs yeux, disparition d'autant plus
explicable, qu'il passait alors derrière le disque invisible de la Lune. Mais quand il dut réapparaître
sur le disque visible, que l'on juge alors de l'impatience du bouillant J. T. Maston et de son compagnon, non moins impatient que lui. A chaque
minute de la nuit, ils croyaient revoir le projectile, et ils ne le revoyaient pas ! De là, entre eux,
des discussions incessantes, de violentes disputes,
Belfast affirmant que le projectile n'était pas

apparent, J. T. Maston soutenant qu'il « lui crevait les yeux ! »

« C'est le boulet ! répétait J. T. Maston.

— Non ! répondait Belfast. C'est une avalanche qui se détache d'une montagne lunaire !

— Eh bien ! on le verra demain.

— Non ! on ne le verra plus ! Il est entraîné dans l'espace.

— Si !

— Non ! »

Et dans ces moments où les interjections pleuvaient comme grêle, l'irritabilité bien connue du secrétaire du Gun-Club constituait un danger permanent pour l'honorable Belfast.

Cette existence à deux serait bientôt devenue impossible ; mais un événement inattendu coupa court à ces éternelles discussions.

Pendant la nuit du 14 au 15 décembre, les deux irréconciliables amis étaient occupés à observer le disque lunaire. J. T. Maston injuriait, suivant sa coutume, le savant Belfast, qui se montait de son côté. Le secrétaire du Gun-Club soutenait pour la millième fois qu'il venait d'apercevoir le projectile, ajoutant même que la face de Michel Ardan s'était montrée à travers un des hublots. Il appuyait encore son argumentation par une série de gestes que son redoutable crochet rendait fort inquiétants.

En ce moment, le domestique de Belfast apparut sur la plate-forme, — il était dix heures du soir, — et il lui remit une dépêche. C'était le télégramme du commandant de la *Susquehanna*.

Belfast déchira l'enveloppe, lut, et poussa un cri.

« Hein! fit J. T. Maston.

— Le boulet!

— Eh bien?

— Il est retombé sur la Terre! »

Un nouveau cri, un hurlement cette fois, lui répondit.

Il se retourna vers J. T. Maston. L'infortuné, imprudemment penché sur le tube de métal, avait disparu dans l'immense télescope. Une chute de deux cent quatre vingts pieds! Belfast, éperdu, se précipita vers l'orifice du réflecteur.

Il respira. J. T Maston, retenu par son crochet de métal, se tenait à l'un des étrésillons qui maintenaient l'écartement du télescope. Il poussait des cris formidables.

Belfast appela. Ses aides accoururent. Des palans furent installés, et on hissa, non sans peine. l'imprudent secretaire du Gun-Club.

Il reparut sans accident à l'orifice supérieur.

« Hein! dit-il, si j'avais cassé le miroir!

— Vous l'auriez payé, répondit sévèrement Belfast.

— Et ce damné boulet est tombé? demanda J. T. Maston.

— Dans le Pacifique!

— Partons. »

Un quart d'heure après, les deux savants descendaient la pente des Montagnes-Rocheuses, et deux jours après, en même temps que leurs amis du Gun-Club, ils arrivaient à San-Francisco, ayant crevé cinq chevaux sur leur route.

Elphiston, Blomsberry frère, Bilsby, s'étaient précipités vers eux à leur arrivée.

« Que faire? s'écrièrent-ils.

— Repêcher le boulet, répondit J. T. Maston, et le plus tôt possible! »

CHAPITRE XXII

LE SAUVETAGE.

L'endroit même où le projectile s'était abîmé sous les flots était connu exactement. Les instruments pour le saisir et le ramener à la surface de l'Océan manquaient encore. Il fallait les inventer, puis les fabriquer. Les ingénieurs américains ne pouvaient être embarrassés de si peu. Les grappins une fois établis et la vapeur aidant, ils étaient assurés de relever le projectile, malgré son poids, que diminuait d'ailleurs la densité du liquide au milieu duquel il était plongé.

Mais, repêcher le boulet, ne suffisait pas. Il fallait agir promptement dans l'intérêt des voyageurs. Personne ne mettait en doute qu'ils ne fussent encore vivants.

« Oui ! répétait incessamment J. T. Maston,

dont la confiance gagnait tout le monde, ce sont
des gens adroits que nos amis, et ils ne peuvent
être tombés comme des imbéciles. Ils sont vivants,
bien vivants, mais il faut se hâter pour les retrouver tels. Les vivres, l'eau, ce n'est pas ce qui
m'inquiète ! Ils en ont pour longtemps ! Mais l'air,
l'air ! voilà ce qui leur manquera bientôt. Donc
vite, vite ! »

Et l'on allait vite. On appropriait la *Susquehanna* pour sa nouvelle destination. Ses puissantes machines furent disposées pour être mises sur
les chaînes de halage. Le projectile en aluminium
ne pesait que dix-neuf mille deux cent cinquante
livres, poids bien inférieur à celui du câble trans-
atlantique qui fut relevé dans des conditions pareilles. La seule difficulté était donc de repêcher
un boulet cylindro-conique que ses parois lisses
rendaient difficile à crocher.

Dans ce but, l'ingénieur Murchison, accouru à
San-Francisco, fit établir d'énormes grappins d'un
système automatique qui ne devaient plus lâcher
le projectile, s'ils parvenaient à le saisir dans leurs
pinces puissantes. Il fit aussi préparer des sca-
phandres qui, sous leur enveloppe imperméable
et résistante, permettaient aux plongeurs de reconnaître le fond de la mer. Il embarqua également à bord de la *Susquehanna* des appareils à

air comprimé, très-ingénieusement imaginés. C'étaient de véritables chambres, percées de hublots, et que l'eau, introduite dans certains compartiments, pouvait entraîner à de grandes profondeurs. Ces appareils existaient à San-Francisco, où ils avaient servi à la construction d'une digue sous-marine. Et c'était fort heureux, car le temps eût manqué pour les construire.

Cependant, malgré la perfection de ces appareils, malgré l'ingéniosité des savants chargés de les employer, le succès de l'opération n'était rien moins qu'assuré. Que de chances incertaines, puisqu'il s'agissait de reprendre ce projectile à vingt mille pieds sous les eaux! Puis, lors même que le boulet serait ramené à la surface, comment ses voyageurs auraient-ils supporté ce choc terrible que vingt mille pieds d'eau n'avaient peut-être pas suffisamment amorti?

Enfin, il fallait agir au plus vite. J. T. Maston pressait jour et nuit ses ouvriers. Il était prêt, lui, soit à endosser le scaphandre, soit à essayer les appareils à air, pour reconnaître la situation de ses courageux amis.

Cependant, malgré toute la diligence déployée pour la confection des divers engins, malgré les sommes considérables qui furent mises à la disposition du Gun-Club par le gouvernement de

l'Union, cinq longs jours, cinq siècles! s'écoulè-
rent avant que ces préparatifs fussent terminés.
Pendant ce temps, l'opinion publique était surexcitée au plus haut point. Des télégrammes
s'échangeaient incessamment dans le monde entier par les fils et les câbles électriques. Le sauve-
tage de Barbicane, de Nicholl et de Michel Ardan
était une affaire internationale. Tous les peuples
qui avaient souscrit à l'emprunt du Gun-Club
s'intéressaient directement au salut des voyageurs.

Enfin, les chaînes de halage, les chambres à air,
les grappins automatiques furent embarqués à
bord de la *Susquehanna*. J. T. Maston, l'ingénieur Murchison, les délégués du Gun-Club occupaient déjà leur cabine. Il n'y avait plus qu'à partir.

Le 21 décembre, à huit heures du soir, la corvette appareilla par une belle mer, une brise de
nord-est et un froid assez vif. Toute la population
de San-Francisco se pressait sur les quais, émue,
muette cependant, réservant ses hurrahs pour le
retour.

La vapeur fut poussée à son maximum de tension, et l'hélice de la *Susquehanna* l'entraîna rapidement hors de la baie.

Inutile de raconter les conversations du bord
entre les officiers, les matelots, les passagers. Tous
ces hommes n'avaient qu'une seule pensée. Tous

ces cœurs palpitaient sous la même émotion.
Pendant que l'on courait à leur secours, que faisaient Barbicane et ses compagnons? Que deve-
naient-ils? Étaient-ils en état de tenter quelque
audacieuse manœuvre pour conquérir leur liberté? Nul n'eût pu le dire. La vérité est que tout
moyen eût échoué! Immergé à près de deux lieues
sous l'Océan, cette prison de métal défiait les
efforts de ses prisonniers.

Le 23 décembre, à huit heures du matin, après
une traversée rapide, la *Susquehanna* devait être
arrivée sur le lieu du sinistre. Il fallut attendre
midi pour obtenir un relèvement exact. La bouée
sur laquelle était frappée la ligne de sonde n'avait
pas encore été reconnue.

A midi, le capitaine Blomsberry, aidé de ses
officiers qui contrôlaient l'observation, fit son
point en présence des délégués du Gun-Club. Il y
eut alors un moment d'anxiété. Sa position déterminée, la *Susquehanna* se trouvait dans l'ouest,
à quelques minutes de l'endroit même où le projectile avait disparu sous les flots.

La direction de la corvette fut donc donnée de
manière à gagner ce point précis.

A midi quarante-sept minutes, on eut connaissance de la bouée. Elle était en parfait état et devait avoir peu dérivé.

« Enfin ! s'écria J. T. Maston.

— Nous allons commencer ? demanda le capitaine Blomsberry.

— Sans perdre une seconde. » répondit J. T. Maston.

Toutes les précautions furent prises pour maintenir la corvette dans une immobilité presque complète.

Avant de chercher à saisir le projectile, l'ingénieur Murchison voulut d'abord reconnaître sa position sur le fond océanique. Les appareils sous-marins, destinés à cette recherche, reçurent leur approvisionnement d'air. Le maniement de ces engins n'est pas sans danger, car, à vingt mille pieds au-dessous de la surface des eaux et sous des pressions aussi considérables, ils sont exposés à des ruptures dont les conséquences seraient terribles.

J. T. Maston, Blomsberry frère, l'ingénieur Murchison, sans se soucier de ces dangers, prirent place dans les chambres à air. Le commandant, placé sur sa passerelle, présidait à l'opération, prêt à stopper ou à haler ses chaînes au moindre signal. L'hélice avait été désembrayée, et toute la force des machines portée sur le cabestan, eut rapidement ramené les appareils à bord.

La descente commença à une heure vingt-cinq

minutes du soir, et la chambre, entraînée par ses réservoirs remplis d'eau, disparut sous la surface de l'Océan.

L'émotion des officiers et des matelots du bord se partageait maintenant entre les prisonniers du projectile et les prisonniers de l'appareil sous-marin. Quant à ceux-ci, ils s'oubliaient eux-mêmes, et, collés aux vitres des hublots, ils observaient attentivement ces masses liquides qu'ils traversaient.

La descente fut rapide. A deux heures dix-sept minutes, J. T. Maston et ses compagnons avaient atteint le fond du Pacifique. Mais ils ne virent rien, si ce n'est cet aride désert que ni la faune ni la flore marine n'animaient plus. A la lumière de leurs lampes munies de réflecteurs puissants, ils pouvaient observer les sombres couches de l'eau dans un rayon assez étendu, mais le projectile restait invisible à leurs yeux.

L'impatience de ces hardis plongeurs ne saurait se décrire. Leur appareil étant en communication électrique avec la corvette, ils firent un signal convenu, et la *Susquehanna* promena sur l'espace d'un mille leur chambre suspendue à quelques mètres au-dessus du sol.

Ils explorèrent ainsi toute la plaine sous-marine, trompés à chaque instant par des illusions d'optique qui leur brisaient le cœur. Ici, un rocher, là, une extumescence du fond, leur apparaissaient comme le projectile tant cherché ; puis, ils reconnaissaient bientôt leur erreur et se désespéraient.

« Mais où sont-ils ? où sont-ils ? » s'écriait J. T. Maston.

Et le pauvre homme appelait à grands cris Nicholl, Barbicane, Michel Ardan, comme si ses infortunés amis eussent pu l'entendre ou lui répondre à travers cet impénétrable milieu !

La recherche continua dans ces conditions, jusqu'au moment où l'air vicié de l'appareil obligea les plongeurs à remonter.

Le halage commença vers six heures du soir, et ne fut pas terminé avant minuit.

« A demain, dit J. T. Maston, en prenant pied sur le pont de la corvette.

— Oui, répondit le capitaine Blomsberry.

— Et à une autre place.

— Oui. »

J. T. Maston ne doutait pas encore du succès, mais déjà ses compagnons, que ne grisait plus l'animation des premières heures, comprenaient toute la difficulté de l'entreprise. Ce qui semblait facile à San-Francisco, paraissait ici, en plein Océan, presque irréalisable. Les chances de réussite diminuaient dans une grande proportion, et c'est au hasard seul qu'il fallait demander la rencontre du projectile.

Le lendemain, 24 décembre, malgré les fatigues de la veille, l'opération fut reprise. La corvette se déplaça de quelques minutes dans l'ouest, et l'appareil, pourvu d'air, entraîna de nouveau les mêmes explorateurs dans les profondeurs de l'Océan.

Toute la journée se passa en infructueuses recherches. Le lit de la mer était désert. La journée du 25 n'amena aucun résultat. Aucun, celle du 26.

C'était désespérant. On songeait à ces malheureux enfermés dans le boulet depuis vingt-six jours! Peut-être, en ce moment, sentaient-ils les premières atteintes de l'asphyxie, si toutefois ils avaient échappé aux dangers de leur chute! L'air s'épuisait, et, sans doute, avec l'air, le courage, le moral!

« L'air, c'est possible, répondait invariablement J. T. Maston, mais le moral, jamais. »

Le 28, après deux autres jours de recherches, tout espoir était perdu. Ce boulet, c'était un atome dans l'immensité de la mer! Il fallait renoncer à le retrouver.

Cependant, J. T. Maston ne voulait pas enten

dre parler de départ. Il ne voulait pas abandonner
la place sans avoir au moins reconnu le tombeau
de ses amis. Mais le commandant Blomsberry ne
pouvait s'obstiner davantage, et, malgré les récla-
mations du digne secrétaire, il dut donner l'ordre
d'appareiller.

Le 29 décembre, à neuf heures du matin, la
Susquehanna, le cap au nord-est, reprit route
vers la baie de San-Francisco.

Il était dix heures du matin. La corvette s'éloignait sous petite vapeur et comme à regret du
lieu de la catastrophe, quand le matelot, monté sur
les barres du perroquet, qui observait la mer,
cria tout à coup :

« Une bouée par le travers sous le vent à
nous. »

Les officiers regardèrent dans la direction indiquée. Avec leurs lunettes, ils reconnurent que
l'objet signalé avait, en effet, l'apparence de ces
bouées qui servent à baliser les passes des baies
ou des rivières. Mais, détail singulier, un pavillon,
flottant au vent, surmontait son cône qui émer-
geait de cinq à six pieds. Cette bouée resplendissait sous les rayons du soleil, comme si ses parois
eussent été faites de plaques d'argent.

Le commandant Blomsberry, J. T. Maston, les
délégués du Gun-Club, étaient montés sur la

passerelle, et ils examinaient cet objet errant à
l'aventure sur les flots.

Tous regardaient avec une anxiété fiévreuse,
mais en silence. Aucun n'osait formuler la pensée
qui venait à l'esprit de tous.

La corvette s'approcha à moins de deux encâ-
blures de l'objet.

Un frémissement courut dans tout son équipage.

Ce pavillon était le pavillon américain !

En ce moment, un véritable rugissement se fit
entendre. C'était le brave J. T. Maston, qui venait de tomber comme une masse. Oubliant d'une
part, que son bras droit était remplacé par un
crochet de fer, de l'autre, qu'une simple calotte
en gutta-percha recouvrait sa boîte crânienne, il
venait de se porter un coup formidable.

On se précipita vers lui. On le releva. On le
rappela à la vie. Et quelles furent ses premières
paroles ?

« Ah ! triples brutes ! quadruples idiots ! quin-
uples boobys que nous sommes !

— Qu'y a-t-il ? s'écriait-on autour de lui.

— Ce qu'il y a ?...

— Mais parlez donc.

— Il y a, imbéciles, hurla le terrible secrétaire, il y a que le boulet ne pèse que dix-neuf
mille deux cent cinquante livres !

21

— Eh bien !

— Et qu'il déplace vingt-huit tonneaux, autrement dit cinquante-six mille livres, et que, par
conséquent, « *il surnage !* »

Ah ! comme le digne homme souligna ce verbe
« surnager ! » Et c'était la vérité ! Tous, oui ! tous
ces savants avaient oublié cette loi fondamentale :
c'est que par suite de sa légèreté spécifique, le
projectile, après avoir été entraîné par sa chute
jusqu'aux plus grandes profondeurs de l'Océan,
avait dû naturellement revenir à la surface ! Et
maintenant, il flottait tranquillement au gré des
flots...

Les embarcations avaient été mises à la mer.
J. T. Maston et ses amis s'y étaient précipités.
L'émotion était portée au comble. Tous les cœurs
palpitaient, tandis que les canots s'avançaient vers
le projectile. Que contenait-il ? Des vivants ou des
morts ? Des vivants, oui ! des vivants, à moins
que la mort n'eût frappé Barbicane et ses deux
amis depuis qu'ils avaient arboré ce pavillon !

Un profond silence régnait sur les embarcations.
Tous les cœurs haletaient. Les yeux ne voyaient
plus. Un des hublots du projectile était ouvert.
Quelques morceaux de vitre, restés dans l'encas-
trement, prouvaient qu'elle avait été cassée. Ce

hublot se trouvait actuellement placé à la hauteur
de cinq pieds au-dessus des flots.

Une embarcation accosta, celle de J. T. Maston.
J. T. Maston se précipita à la vitre brisée...

En ce moment, on entendit une voix joyeuse et
claire, la voix de Michel Ardan, qui s'écriait avec
l'accent de la victoire :

« Blanc partout, Barbicane, blanc partout! »

Barbicane, Michel Ardan et Nicholl jouaient
aux dominos.

CHAPITRE XXIII

POUR FINIR

On se rappelle l'immense sympathie qui avait accompagné les trois voyageurs à leur départ. Si, au début de l'entreprise, ils avaient excité une telle émotion dans l'ancien et le nouveau monde, quel enthousiasme devait accueillir leur retour? Ces millions de spectateurs qui avaient envahi la presqu'île floridienne ne se précipiteraient-ils pas au-devant de ces sublimes aventuriers? Ces légions d'étrangers, accourues de tous les points du globe vers les rivages américains, quitteraient-elles le territoire de l'Union sans avoir revu Barbicane, Nicholl et Michel Ardan? Non, et l'ardente passion du public devait dignement répondre à la grandeur de l'entreprise. Des créatures hu-

maines qui avaient quitté le sphéroïde terrestre,
qui revenaient après cet étrange voyage dans les
espaces célestes, ne pouvaient manquer d'être
reçus comme le sera le prophète Élie quand il
redescendra sur la Terre. Les voir d'abord, les entendre ensuite, tel était le vœu général.

Ce vœu devait être réalisé très-promptement
pour la presque unanimité des habitants de
l'Union.

Barbicane, Michel Ardan, Nicholl, les délégués du Gun-Club, revenus sans retard à Baltimore, y furent accueillis avec un enthousiasme
indescriptible. Les notes de voyage du président
Barbicane étaient prêtes à être livrées à la pu-
blicité. Le *New-York-Herald* acheta ce manus-
crit à un prix qui n'est pas encore connu, mais
dont l'importance doit être excessive. En effet,
pendant la publication du *Voyage à la Lune*,
le tirage de ce journal monta jusqu'à cinq millions d'exemplaires. Trois jours après le retour
des voyageurs sur la Terre, les moindres détails
de leur expédition étaient connus. Il ne restait
plus qu'à voir les héros de cette surhumain
entreprise.

L'exploration de Barbicane et de ses amis autour de la Lune avait permis de contrôler les diverses théories admises au sujet du satellite terres-

tre. Ces savants avaient observé *de visu*, et dans des
conditions toutes particulières. On savait maintenant quels systèmes devaient être rejetés, quels
admis, sur la formation de cet astre, sur son ori
gine, sur son habitabilité. Son passé, son présent, son avenir, avaient même livré leurs derniers
secrets. Que pouvait-on objecter à des observateurs consciencieux qui relèveront à moins de
quarante kilomètres cette curieuse montagne de
Tycho, le plus étrange système de l'orographie
lunaire? Que répondre à ces savants dont les regards s'étaient plongés dans les abîmes du cirque
de Platon? Comment contredire ces audacieux
que les hasards de leur tentative avaient entraînés
au-dessus de cette face invisible du disque, qu'aucun œil humain n'avait entrevue jusqu'alors?
C'était maintenant leur droit d'imposer ses limites
à cette science sélénographique qui avait recom-
posé le monde lunaire comme Cuvier le squelette
d'un fossile, et de dire : La Lune fut ceci, un
monde habitable et habité antérieurement à la
Terre! La Lune est cela, un monde inhabitable
et maintenant inhabité!

Pour fêter le retour du plus illustre de ses membres et de ses deux compagnons, le Gun-Club
songea à leur donner un banquet, mais un banquet digne de ces triomphateurs, digne du peuple

américain, et dans des conditions telles que tous les habitants de l'Union pussent directement y prendre part.

Toutes les têtes de ligne des rails-roads de l'État furent réunies entre elles par des rails volants. Puis, dans toutes les gares, pavoisées des mêmes drapeaux, décorées des mêmes ornements, se dressèrent des tables uniformément servies. A certaines heures, successivement calculées, relevées sur des horloges électriques qui battaient la seconde au même instant, les populations furent conviées à prendre place aux tables du banquet.

Pendant quatre jours, du 5 au 9 janvier, les trains furent suspendus comme ils le sont, le dimanche, sur les railways de l'Union, et toutes les voies restèrent libres.

Seule, une locomotive à grande vitesse, entraînant un wagon d'honneur, eut le droit de circuler pendant ces quatre jours sur les chemins de fer des États-Unis.

La locomotive, montée par un chauffeur et un mécanicien, portait, par grâce insigne, l'honorable J. T. Maston, secrétaire du Gun-Club.

Le wagon était réservé au président Barbicane au capitaine Nicholl et à Michel Ardan.

Au coup de sifflet du mécanicien, après les

hurrahs, les hip et toutes les onomatopées admiratives de la langue américaine, le train quitta la gare de Baltimore. Il marchait avec une vitesse de quatre-vingts lieues à l'heure. Mais qu'était cette vitesse comparée à celle qui avait entraîné les trois héros au sortir de la Columbiad ?

Ainsi, ils allèrent d'une ville à l'autre, trouvant les populations attablées sur leur passage, les saluant des mêmes acclamations, leur prodiguant les mêmes bravos. Ils parcoururent ainsi l'est de l'Union à travers la Pensylvanie, le Connecticut, le Massachussets, le Vermont, le Maine et le Nouveau-Brunswick ; ils traversèrent le nord et l'ouest par le New-York, l'Ohio, le Michigan et le Wisconsin ; ils redescendirent au sud par l'Illinois, le Missouri, l'Arkansas, le Texas et la Louisiane ; ils coururent au sud-est par l'Alabama et la Floride ; ils remontèrent par la Géorgie et les Carolines ; ils visitèrent le centre par le Tennessee, le Kentucky, la Virginie, l'Indiana ; puis, après la station de Washington, ils rentrèrent à Baltimore, et pendant quatre jours, ils purent croire que les États-Unis d'Amérique, attablés à un unique et immense banquet, les saluaient simultanément des mêmes hurrahs !

L'apothéose était digne de ces trois héros que la fable eût mis au rang des demi-dieux.

Et maintenant, cette tentative sans précédent dans les annales des voyages, amènera-t-elle quel-

que résultat pratique ? Etablira-t-on jamais des communications directes avec la Lune ? Fondera-t-on un service de navigation à travers l'espace, qui desservira le monde solaire ? Ira-t-on d'une planète à une planète, de Jupiter à Mercure, et plus tard d'une étoile à une autre, de la Polaire à Sirius ? Un mode de locomotion permettra-t-il de visiter ces soleils qui fourmillent au firmament ?

A ces questions, on ne saurait répondre. Mais, connaissant l'audacieuse ingéniosité de la race anglo-saxonne, personne ne s'étonnera que les Américains aient cherché à tirer parti de la tentative du président Barbicane.

Aussi, quelque temps après le retour des voyageurs, le public accueillit-il avec une faveur marquée les annonces d'une Société en commandite (limited), au capital de cent millions de dollars, divisé en cent mille actions de mille dollars chacune, sous le nom de *Société nationale des Communications Interstellaires.* Président, Barbicane; vice-président, le capitaine Nicholl; secrétaire de l'administration, J. T. Maston; directeur des mouvements, Michel Ardan.

Et comme il est dans le tempérament américain de tout prévoir en affaires, même la faillite, l'honorable Harry Troloppe, juge-commissaire, et Francis Dayton, syndic, étaient nommés d'avance !

TABLE DES CHAPITRES

35328 Paris. — Imprimerie GAUTHIER-VILLARS, quai des Grands-Augustins, 55.

BIBLIOTHÈQUE D'ÉDUCATION ET DE RÉCRÉATION

VOLUMES IN-18 AVEC GRAVURES

Chaque volume : Broché, 3 fr. — Cartonné tranches dorées, 4 fr.

Aldrich. Écolier américain. — **Aston (G.)**. Ami Kips. — **Badin.** Jean Casteyras. — **Bénédict.** Madone de Guido Reni. — Geneviève Delmas. — Yette. — Pierre Casse-Cou. — Contes de tous pays. — **Bertrand (Alex.)**. Révolutions du globe. — **Bertrand (J.)**. Fondateurs de l'Astronomie. — **Biart (L.)**. Jeune Naturaliste. — Entre Frères et Sœurs. — Aventures de deux Enfants dans un Parc. — **Blandy (S.)**. Fils de Veuve. — Oncle Philibert. — **Boissonnas (B.)**. Une Famille pendant la Guerre 1870-71. — **Bréhat (de)**. Petit Parisien. — Aventures de Charlot. — **Candèze.** Aventures d'un Grillon. — La Gileppe. — Périnette. — **Clément (Ch.)**. Michel-Ange. Raphaël, etc. — **Desnoyers (L.)** J.-P. Choplard. — **Dubois (F.)**. La Vie au Continent noir. — **Dupin de St-André.** Ce qu'on dit à la maison. — **Erckmann-Chatrian.** L'Invasion. — Madame Thérèse. — Histoire d'un Paysan, 4 vol. — **Font-Réaulx (de)**. Les Canaux. — **Genevraye.** Un Château où l'on s'amuse. — Petite Louisette. — Marchand d'allumettes. — **Goury.** Voyage d'une Fillette au Pays des Étoiles. — **Grimard.** Histoire d'une goutte de Sève. — **Hirtz (Mlle)**. Méthode de coupe et de confection. — **Hugo (V.)** Les Enfants. — **Laprade (de)** Le Livre d'un Père. — **Laurie (A.)**. Vie de Collège en Angleterre. — Mémoires d'un Collégien. — Année de Collège à Paris. — Histoire d'un Écolier Hanovrien. — Tito le Florentin. — Autour d'un Lycée japonais. — Bachelier de Séville. — Mémoires d'un Collégien Russe. — Axel Ebersen. — L'Écolier d'Athènes. — De New-York à Brest. — Héritier de Robinson. — Capitaine Trafalgar. — Exilés de la Terre, 2 vol. — Le Secret du Mage. — Atlantis. — **Lavallée.** Frontières de la France. — **Legouvé (E.)** Pères et Enfants, 2 v. — Nos Filles et nos Fils. — Art de la Lecture. — Lecture en action. — Une Élève de 16 ans. — Épis et Bleuets. — **Lermont.** Jeunes Filles de Quinnebasset. — **Macé (J.)**. Bouchée de Pain. — Serviteurs de l'estomac. — Contes du Petit Château. — Arithmétique du grand papa. — **Mayne-Reid** William le Mousse. — Petit Loup de Mer. — Jeunes Esclaves. — Chasseurs de girafes. — Naufragés de Bornéo. — Planteurs de la Jamaïque. — Deux Filles du squatter. — Robinsons de terre ferme. — Chasseurs de Chevelures. — Les Jeunes Boërs. — **Muller (E.)**. La

Jeunesse des Hommes Célèbres — Morale en action par l'Histoire. — **Neukomm (Ed.)** Les Dompteurs de la Mer. — **Nodier (Ch.)** Contes choisis, 2 vol. — **Rambaud (Alfred)** L'Anneau de César, 2 vol. — **Ratisbonne (L.)** Comédie Enfantine. — **Reclus (E.)** Histoire d'un ruisseau. — Histoire d'une Montagne. — **Renard** Le Fond de la Mer. — **Sandeau.** Roche aux mouettes. — **Siebecker.** Histoire de l'Alsace. — **Simonin.** Histoire de la Terre. — **Stahl (P.-J.)** Morale Familière. — Histoire d'un âne et deux jeunes Filles. — Patins d'argent. — Premier voyage en mer. — Maroussia. — Les quatre Peurs de notre Général. — Les quatre Filles du Dr Marsch. — **Stahl et Lermont.** Jack et Jane. — La petite Rose, ses six tantes et ses sept cousins. — **Stahl et Muller.** Nouveau Robinson suisse. — **Stevenson.** L'Île au Trésor. — **Tolstoï.** Enfance et Adolescence. — **Vadier.** Blanchette. Théâtre à la Maison et à la Pension (10 fascicules à 30 c.). — **Vallery-Radot (R.)** Volontaire d'un an. — **Van Bruyssel** La Vie des Champs aux États-Unis. — **Verne (J.)** Capitaine Hatteras, 2 v. — Enfants du Capitaine Grant, 3 v. — Autour de la Lune. — 3 Russes et 3 Anglais. — 5 Semaines en ballon. — De la Terre à la Lune. — Pays des Fourrures, 2 v. — Tour du Monde en 80 jours. — 20.000 lieues sous les Mers, 2 v. — Voyage au centre de la Terre. — Ville flottante. — Docteur Ox. — Chancellor. — Île mystérieuse, 3 vol. — Michel Strogoff, 2 v. — Indes Noires. — Hector Servadac, 2 v. — Capitaine de 15 ans, 2 v. — 500 millions de la Bégum. — Maison à vapeur, 2 v. — La Jangada, 2 v. — École des Robinsons. — Rayon Vert. — Kéraban le Têtu, 2 v. — Étoile du Sud. — Archipel en Feu. — Mathias Sandorf, 3 v. — Robur le Conquérant. — Billet de Loterie. — Nord contre Sud, 2 v. — Chemin de France. — Deux ans de Vacances, 2 v. — Famille sans Nom, 2 v. — Sans dessus dessous. — César Cascabel, 2 v. — Mrs Branican, 2 v. — Château des Carpathes. — Claudius Bombarnac, 2 v. — P'tit Bonhomme, 2 v. — Maître Antifer, 2 v. — L'Île à Hélice, 2 v. — Face au Drapeau, 2 v. — Clovis Dardentor, 1 v. — Le Sphinx des Glaces, 2 v. — Le Superbe Orénoque, 2 v. — Premiers Explorateurs. — Grands Navigateurs, 2 v. — Voyageurs du XIXe siècle, 2 v. — Le Testament d'un Excentrique 2 v. — **Verne et Laurie.** Épave du Cynthia.

VOLUMES IN-18, SANS GRAVURES

Chaque volume : Broché, 3 fr. — Cartonné tranches dorées, 4 fr.

Brachet. Grammaire historique (couronné). — **Duball.** Cours classique de Géographie. — **Egger** Histoire du Livre. — **Franklin (J.)**. Vie des Animaux, 6 v. — **Gramont (Cte de)**. Vers français et Prosodie. — **Gratiolet (P.)**. Physionomie. — **Nippsau (Mme)**. Économie domestique. — Or-

dinaire. Rhétorique nouvelle. — **Suzanne.** Histoire de la Cavalerie, 3 v. — Histoire de l'Artillerie. — **Petit (A.)**. Grammaire de la Ponctuation. — Grammaire de la Lecture à haute voix. — Grammaire de l'art d'écrire.

VOLUMES IN-18 — PRIX DIVERS

Brachet. Dictionnaire étymologique, 8 fr. — **Durand (Hip.)** Grands Poètes, 2 fr. — Grands Prosateurs, 2 fr. — **Grimard (E.)**. Botanique à

la campagne, 4 fr. — **Legouvé (E.)** Petit Traité de Lecture, 1 fr. — **Rey (J.-A.)** Monde des Microbes, 4 fr.

35582. — Paris, Imp. Gauthier-Villars.